継母の連れ子が元カノだっ

Mamahaha Tsurego Motokano

「プロポーズじゃ物足りない」

「お部屋行かない？」
伊理戸結女
Yume Irido

「あっ、水斗君！」
【東頭いさな】
Isana Higashira

亜霜愛沙
Aisa Aso
南暁月
Akatsuki Minami
Christmas Party!!

継母の連れ子が元カノだった9

プロポーズじゃ物足りない

紙城境介

角川スニーカー文庫

23237

目次 Contents

illustration: たかや Ki
design work: 伸童舎

第一章　きっとこの道は面白い

伊理戸(いりど)水斗(みずと)◆幸せの形

「水斗くん——きみは、自分の幸せの形がどういうものか、すでに気付いてしまっているのではないかな？」

僕よりもずっと大人なその人は、すべてを見透かしているかのようにそう言った。

「ハリウッド映画はキスで終わり、ＲＰＧは結婚式で終わる。それが多くの人々が想像する、『幸せ』のステレオタイプだ。しかし、現実には幸せの形は一定ではなく、他人に孤独と言われる人間が大いに人生を謳歌(おうか)していることもあるし、他人に非才と思われる人間が現状に満足していることもある——自分自身がそれに気付かず、隣の青い芝ばかりを見て、本当は必要のないものを追い求めている、といった喜劇でさえ珍しくはない」

滑らかに紡がれる言葉は、まるで清流のようだった。

「きみは人一倍聡(さと)いのだろう。だからその歳(とし)で、早くも気付いてしまったんだ——自分の幸せが、『家庭』の形をしていない、ということに」

誰もが、なんとなく、思い描く。

家族のいる未来を。

パートナーがいて、子供がいて、同じ家に住んでいて――まるで刷り込みのように、そんな未来を思い描く。

だけど、それって、本当に必要だろうか？

僕の人生に、本当に、必要なんだろうか――

「中学生なら、後先考えずに子供のままでいられる。大学生なら、大人としての振る舞いを求められる。高校生は、その狭間――子供でありながら、大人にもなりつつある、蛹のような状態だ。これは僕の持論だがね――厄介な時分だと同情するよ。きみは、何かを決断するには、あまりにも若すぎるし、あまりにも大人すぎる――」

他人事のようだ、と思う。

彼がじゃない。僕がだ。

この期に及んでも、自分のことだとは思えない――

「きみはどちらになる？」

それでも、選択肢は厳然と存在する。

「子供に戻り、後先考えず感情に任せて無謀な選択をし、まるでＲＰＧのように、結果的にいい結末になることを祈るか――大人に進み、今このときの感情を封じて、まるでRTAのように、自分の幸せの形を効率的に追い求めるか」

慶光院涼成は、ゲームマスターのように微笑んだ。

「より良い選択ができることを祈るよ。きみの義きょうだいの、かつての父としてね」

伊理戸水斗◆炬燵の中の攻防

観光都市として世界的に知られた京都だが、旅行で一時的に滞在するならばともかく、恒常的に住処とする、という観点から言うと、決して褒められる土地ではないことは、衆目の一致するところだろう。

真夏はサウナのように蒸し暑く、真冬は冷蔵庫のように底冷えする――この盆地特有の気候の厄介さが、あちこちに点在する寺社仏閣で相殺されるとはとても思えない。というか、地元人は基本、地元の観光名所など行かないので、メリットはないも同然なのだ。金閣寺ってどこにあるんだっけ？

十二月だった。

紅葉シーズンが終わり、いよいよもって冬将軍が本領を発揮し始めた昨今、我が家ではかの将軍に対抗するため、秘密兵器が物置の奥から前線に投入された。

炬燵である。

「……さむっ……」

たまの外出から帰宅した僕は、身震いしながらドアを閉じる。寒風に晒されることは避けられたが、家の中も家の中で凍ったように冷え込んでいた。何なら陽光が射さない分、屋内のほうが寒い可能性すらある——神戸の温泉が恋しくなってきた。

僕はコートを着込んだままリビングに移動する。暖房を入れるにしても、部屋が暖まるのにはしばらくかかる。それよりも手っ取り早いものが、ソファーに囲まれた一角に存在した。

少し前までガラスのローテーブルが置かれていた場所に、天板の下の空間を布団で覆い隠した炬燵が置いてあるのである。

僕は布団の中に脚を突っ込んだ。暖かみがじんわりと冷えた脚に浸透する。ほっとしたのも束の間——

むにっ。

——と、伸ばした足先に、何か柔らかいものが触れた。

「……んん……」

寝言めいた呻きが聞こえて、僕はようやく気が付いた。

僕から見て左辺の布団から、見慣れた女が顔を出しているということに。

僕は半ば反射的に、自分の下半身を覆っていた布団を捲り上げた。すると、ぼんやりとオレンジ色に照らされた空間に、赤ん坊のように膝を曲げた白い脚があった。長いスカートが捲れて、すべすべした太腿まで露わになっている。もう少し視点を下げたら、パンツまで見えてしまいそうだった。

「……ん……」

たっぷりと一〇秒ほども見つめてしまっているうちに、コタツムリと化した女が寒そうに身動ぎ、さらに膝を持ち上げた。いよいよお尻が見えそうになって、僕は慌てて布団を下ろす。

炬燵から頭だけを出し、すやすやと眠る彼女——結女の寝顔を、僕は見るともなしに見下ろした。

……何だか、既視感のある展開だ……。神戸に行く前にも、こんなことがあったような。あのときはいさながいたから、滅多なことはしなかった——しかし、他に誰の目もない状況で、こうも無防備でいられると、どうしようもなく選択肢が顔を出してしまう。

いや、もちろんありえない。炬燵の中の下半身を覗くような奴が家族にいたら、別に元カップルでなくとも家庭崩壊だ。

ここは自制して、さっさと自室に引っ込むべきなんだろう。……でも、それはそれとして、炬燵の暖かさからは抜け出しがたい……。

つんつん、と。

胡座をかいた僕の膝を、つつくものがあった。

気付くと、布団から顔を出した結女が、薄っすらと目を開けていた。

起きたのか。……布団を捲ってるときじゃなくてよかった。

結女は肩まで炬燵に潜り込んだまま、僕の顔をじいっと見つめて、――つんつん、とまた、布団の中で僕の膝を足先でつついた。

「…………………」

「…………………」

しばし、無言で視線を交わす。

結女はじっと見つめてくるだけで、何も言わなかった。だから僕としても、何も言うことはなかった。

とりあえず、炬燵から追い出されそうな気配はない。

僕は着込んでいたコートを脱ぐと、さっき買ってきた本を袋から出した。炬燵の上で、ページを捲り始める。

その間も結女は、つんつん、つんつん、とたびたび僕の膝をつついてきた。たまにちらりと視線をやると、少し嬉しそうに口元を緩ませる。

構ってほしいのか……？

思った通りにしてやるのは何だか癪な気がして、つっついてくる足を無言で押し返していると、玄関のほうから由仁さんがやってきた。

「あ、水斗くん、おかえりー」

言いながら、由仁さんはぱたぱたとこっちにやってくると、布団に潜り込んでいる結女にも気付く。

「あー。結女ー、そんなところで寝てると風邪ひくわよ？」

「んー……」

結女はぼんやりとした声で答え、しかし炬燵から抜け出そうとしない。

「まったくもー……」

そして由仁さんが離れていくと、またつんつんを再開した。

訴えかけてくるような目といい、どうしてほしいのか知らないが、やられっぱなしは性に合わない。

僕はタイミングを見計らうと、素早く布団の中に手を突っ込み、伸ばされてきた結女の素足を摑んだ。

「やっ……」

柔らかく、華奢な足を捕まえた僕は、すかさずもう片方の手でその足裏をくすぐる。

「んっ、ちょっ……んん～っ！」

声をあげないように悶絶（もんぜつ）する結女を、だが解放することなく、僕はくすぐり続けた。

――何気ない日常の一幕だ。

家族として、当たり前に過ぎ来る、日々の一片。

けれど、そのぬるま湯のような安心の中に、どうしようもなく、心臓を刺激するものが混じっている。

「……ふー……」

僕がようやくくすぐるのをやめると、結女は少し赤くなった顔で、恨めしげに僕の目を見つめた。

それから、ふっと目だけで笑うと、解放された足の裏を、まるで甘えるように僕の膝に擦（こす）り付けてくるのだった。

家族としての安心。

男女としての刺激。

相反する感情が、一瞬ごとに去来する。

頭がどうにかなりそうだ。

僕が僕でなくなってしまいそうなくらいに。

伊理戸結女◆砂上の楼閣の上の楼閣

「センパイ！　セーンパイっ♪」

いつもより1オクターブ高い亜霜先輩の甘え声が、生徒会室に響く。

「昨日の公式生配信見ましたぁ？　め～っちゃアツいですよね～！　アプデ楽しみ～♪」

「……おう……」

応接用のソファーで亜霜先輩の頭を肩に乗せているのは、当然ながら星辺先輩だ。星辺先輩は相槌を打ちながら、気まずそうにちらちらと私たちのほうを振り返る。

「ねえねえセンパイ！　今日の夜も通話していいですかぁ？　今度のイベントまだ残ってて～。周回付き合ってくださいっ！」

「「「…………………」」」

媚び度100％の声を聞きながら、私、明日葉院さん、紅会長、羽場先輩は、ただ黙々と作業をしていた。会話の一つもなく、亜霜先輩の甘ったるい声に対抗できるのは、ノートパソコンが奏でるキータッチの音だけだった。

「…………はあ……」

やがて星辺先輩が溜め息をついたと思うと、亜霜先輩を引き剝がし、すっくと立ち上がった。

「うえっ？　センパイ？」

「悪りぃな、紅。おれ、生徒会室来んのやめるわ」

突然の宣言に、亜霜先輩がぎょっとする。

「ええ～!?　なんでなんで!?　会う時間減っちゃうじゃないですか！」

「「お前が仕事しないからだろ!!」」

紅会長と星辺先輩の声がハモった。

上司と恋人、公私両面から正論を突きつけられた亜霜先輩は、拗ねたように唇を尖らせて、目をあらぬ方向に逸らす。

「……いいじゃないですか、ちょっとくらい……。せっかく付き合いたてなんだし……」

「よくねぇよ。示しがつかねぇっての。……仕事をちゃんと終わらせたら、いくらでも付き合ってやっからよ」

星辺先輩に軽く頭をポンとされると、亜霜先輩は恨めしげに上目遣いで彼氏を見上げてから、「わかりましたぁ……」と不満そうに言った。

じゃあな、と私たちに軽く言って、星辺先輩は生徒会室を出ていく。

それを名残り惜しげに見送ると、亜霜先輩はしょげた顔で、ようやく自分の席に着いた。

「はあ～……。センパイ分が足りな～い……」

「……前々から、キミは絶対、友情や仕事より恋愛を取るタイプだろうと思っていたけど、こうも見事に見せつけられるとなかなかキツいものがあるよ」

紅会長に半眼で言われて、亜霜先輩は「えへっ」となぜか可愛いこぶる。

「ごめんね☆　独り身には刺激が強すぎちゃったかにゃあ？」

「…………………」

「痛たっ⁉　ちょっ、すずりん痛い！　蹴らないで脚！　脚！」

う〜ん、図に乗っている。

神戸旅行で晴れて彼氏持ちとなってから、亜霜先輩は図に乗りまくっていた。積年の想いがやっと実ったのだから、しばらくは舞い上がらせてあげようという判断だったんだけど、どうやら失敗だったらしい。

会長のローキックにたじろぐ亜霜先輩を、明日葉院さんがジト目で見やり、

「嬉しいのはわかりますが、そのしわ寄せがわたしたち後輩に来ているということを忘れないでほしいですね」

「ぐっ……それはごめんだけどさあ！　別にあたしじゃなくたって、みんなこうなるよ、絶対！　彼氏ができたらさあ！　あたしだけがダメなんじゃないもん！」

資料を取ってきます、と言って、羽場先輩が素早く席を立った。

たぶんガールズトークに突入する気配を感じたんだと思う。羽場先輩はこういうとき、未来予知じみた素早さで姿を消すことが多かった。

羽場先輩が隣の資料室に入ったのを見届けると、紅会長は頰杖を突いて、

「幸せそうで結構だけどね、そろそろ現実を見たほうがいいんじゃないかい？」

「うっさいなあ！　仕事すればいいんでしょ！」

「それもあるけどね」

紅会長は、スッとそれを――亜霜先輩の、豊かに膨らんでいるように見える胸部を指差した。

「付き合うとなったら、いつまでも誤魔化してはおけないと思うよ？」

「……うぐぅ……」

口籠った亜霜先輩を見て、私はぱちくりと目を瞬いた。

「え？　……先輩、まだ言ってないんですか!?」

「呆れた豪胆さですね。あれだけベタベタくっついておいて」

明日葉院さんも、ますます板についてきたジト目で言う。

亜霜先輩の胸部には、カップ数にしておよそ3サイズほどの虚栄心が積み上がっている。今までは巧妙なテクニックでそれを本物に見せてきたけど、恋人同士ともなれば、いずれは……その、見せる機会も、あるんだろうし……、さすがにとっくにカミングアウトしているんだと思っていた。

縮こまる亜霜先輩に、紅会長はふっと遠い目をして、

「星辺先輩はあれでなかなかの紳士だけど、それでも男子だからねえ。がっかりするんじ

やないかなあ。ようやく手にしたお宝がガラクタの山だったと知ったら……」

「がっ、ガラクタじゃないもん！　少なくともあっきーよりは大きいし！」

いないところで急に刺される暁月(あかつき)さん。

「そ、それに、単に大きいほうが好きな服に合うってだけで、騙(だま)してるわけじゃ……！」

「ならとっとと告白するんだね。いざ『そのとき』にバレて萎えられたって知らないよ」

「萎えないし！　ギンギンだし！」

何ともストレートな発言に、明日葉院さんがこっそり目を泳がせた。

これは別にこの面子(メンツ)に限らないんだけど、彼氏持ちが混ざったガールズトークは生々しい下ネタが横行する傾向にある。かつて彼氏持ちだった私ではあるけれど、そういう方面に関しては結局何も経験しないままだったので、こういうときは愛想笑いで誤魔化しがちだった。語りえぬことには沈黙せねばならない。

「もう十二月だよ？」

呆れ顔で紅会長は言う。

「クリスマスまで一ヶ月もないんだ。まさか付き合って初めてのクリスマスを、誤魔化し誤魔化し過ごすつもりじゃないだろう？」

「……で、でも、まだ付き合い始めたばっかだしぃ……そんなにすぐには……」

「その前の助走が恐ろしく長かっただろうが、キミは。それに、心を決めてからの星辺先輩は、なかなかの肉食系だからね——据え膳を逃すほど、優しくはないと思うよ？」

「ひうう……」

亜霜先輩は顔を赤くしてさらに縮こまる。

クリスマス——か。まあ、うん。一般にクリスマスには、恋人たちがそういうことをするって、言われてはいるらしいけども。

「でもわかんないよぉ……！　どうやって言ったらいいのぉ？　『ごめんなさい。実は乳盛ってます』って、どういうタイミングがあったら言えるのぉ……？」

「まあ、それは……」

さすがの紅会長も、曖昧に答えを濁した。凄まじい難問だった。

「——少しずつ小さくすればどうですか？」

この難問に一つの解答を示したのは、明日葉院さんだった。

「別に馬鹿正直に告白しなくとも、ちょっとずつパッドを外して段階的に見た目を小さくしていけば、案外気付かれないかもしれませんよ」

「ハッ……！　それだ！」

縮こまっていた亜霜先輩が、急に元気を取り戻す。

「ランラン天才！　なんでそんな巧妙な策を思いつけるの⁉」

「中学のとき、試したことがありますから。苦しくなってやめましたが……」

「あたしにその心配はないね！　ってうるせえ!!」

と言いつつも、亜霜先輩は晴れ晴れと笑った。

本人は悩みから解放された顔をしてるけど……。私は心配を込めて言う。

「何だか、誤魔化しに誤魔化しを重ねているような……」

「まあ、仮にバレたとしても、星辺先輩なら悪いようにはしないだろう……」

あとは先輩が巨乳派でないことを祈るばかりだ、と紅会長は言った。

伊理戸結女◆なぜか

亜霜先輩なりの悩みはあれど、今の私には、それすらも幸せの一部に見えて、羨ましい限りだった。

今年中に、水斗を攻略する。

そう決めたはいいけれど、その前に私には、こなさなければならないタスクがある。

……生みのお父さんとの会合——それに水斗を誘う、というタスクが。

お母さんから話を通してもらう手もあったんだけど、私は結局、自分で話すことにした。外堀を埋めるじゃないけど、それによってある種の覚悟を伝えられる気がした。

最後にお父さんと直接話したのは、もう何年前のことだろう……。別に苦手でも得意でもないけれど、苗字(みようじ)も変わった今になって話すのには、何か特別な儀式めいたものが感じられた。しかも、その場に水斗も同席してもらうとなれば――

そもそも、なんでお父さんは、水斗と会おうとしているんだろう？

娘と同居している男子がどういう奴(やつ)か、気になったのだろうか――お父さんは、私には大して、興味がないんだと思っていたけど。

いずれにせよ、この結婚の挨拶めいたシチュエーションには、私から水斗を誘いたかった。それで少しは意識してくれるかもしれないし、まあ単純に、出向くのは私なんだから私から言うのが筋、というのもある。

ただ――やっぱり、結婚の挨拶めいてるんだよなあ。

そのせいで尻込みをして、またもずるずると先延ばしにしてしまっている……。

――ダメだダメだ。私の悪いところだ。

今年が終わるまでもう一ヶ月もないんだ。日和(ひよ)ってる時間なんてどこにもない！

言おう。今日言おう。帰ったら言おう。

そうして生徒会を終えて、家に帰りつくと、すでに部屋着に着替えた水斗がリビングにいた。

「ねえ――」

ソファーに座ってスマホを見ている水斗に呼びかけると、彼はくるりと振り返り、

「ちょうどよかった」

「え？」

「明日——土曜なんだが、昼からいさなの家に行くことになった。いいか？」

出し抜けに、そんな質問をしてきたのだった。

出鼻を挫かれた。東頭さんの家に？　なんで急に——そういえば最近、東頭さんがウチに来ることが少なくなったような。

ドクンと、なぜか心臓が膨らんだ。

「なんで……私に、許可取るの？」

そしてなぜか、私はどこか喧嘩腰に、そんな質問を返していた。

水斗は目を逸らし、困ったように首を傾げて、

「……いや……なんとなく」

呟くように言って、ソファーから立ち上がる。

足早に去っていく背中を見て、あ、と私は思い出した。言わなきゃ。お父さんのこと。

すぐに呼び止めて——

リビングのドアが閉まる。

声も出せないまま、私は伸ばしかけた手を下ろした。

「……言いそびれちゃった……」

東頭いさな◆絵描きと裏垢女子の共通点

「うむ～ん……」

ぐちゃぐちゃになったラフを前に、わたしは首を傾げていました。

自室でタブレットを起動し、ペンを持つこと十数分。いい構図は浮かばないし、浮かんだとしても描き方はわからないし、特に服のしわとか意味不明で、脳味噌がバグりそうです。全裸にしちゃダメですか？

神戸旅行のときはさらっと描けたんですけどね～……。あれ以来、どうも自分の描く絵が下手くそに見えちゃうっていうか……。

こういうときは頭の中だけで考えていても始まりません。わたしはペンをスマホに持ち替え、机から姿見の前に移動しました。

女の子の嗜みとして壁際に鎮座している姿見ですが、最近では専ら、参考資料用の自撮りに使用されています。いろんなポーズを取ってはパシャパシャ撮っているので、傍から見ると裏垢女子です。お母さんやお父さんに見つからないよう注意しなければ。

「うーん……」

お尻も描きたい。おっぱいも描きたい。でも両方描こうとすると背骨を捩じ切らないといけない。これは難問ですよ……。

背中を向けてお尻を突き出すポーズをしてみたり、中腰になって谷間を見せるポーズをしてみたりしながら首を捻ります。

もはやいっそ、思いっきりエロい構図にしてみるのはどうでしょう？　例えば、そうですねえ……床に座って、脚を大きく開けて、胸を二の腕で挟む感じにして——

「——おい東頭。鍵開いてたぞ。不用心だ——な？」

ガチャリと部屋のドアが開きました。

水斗君がわたしを見て凍りつきました。

「……あ」

わたしも口を開けて固まりました。

M字開脚の格好で、スマホのカメラを姿見に向けたまま。

たっぷり一〇秒ほど時間が止まった後、

「………すまん」

水斗君は気まずそうにそう言って、ゆっくりドアを閉めました。

「ちょっ……ちょっと待ってくださいっ！　誤解っ！　誤解ですっ！　今のはただの資料集めなんですーっ!!」

伊理戸水斗◆未来への道筋

僕を東頭家に呼び出したのは東頭いさなではなく、その母親、凪虎さんだった。曰く、『用があるから来い小僧』とのことだったのだが、肝心のあの人は少し家を空けているらしい。

「おかげでとんでもないシーンに出くわしたじゃないか、まったく」

「こっちの台詞ですよ！」

いさなが顔を赤くして叫ぶ。長袖のだぼっとしたシャツを一枚纏っただけの姿だった。裾がワンピースのように太腿まで隠しているが、その下は……。

「……君さあ。いくら自分の部屋とはいえ、下くらい穿けよ……」

「は、穿いてるじゃないですか。……パンツを……」

「下着は穿いたに入らない」

そういえばこいつ、ビデオ通話で映らないからって上半身だけ服着るタイプだったな。おかげでがっつり見てしまった……。いくら僕とこいつの仲でも、気まずくなることはあるんだぞ。

「休日に会うのは久しぶりだな」

気を取り直して、話題を変える。

　ここのところ、いさなは僕の家に寄ることも、放課後の図書室で屯するることも少なくなっていた。理由ははっきりしている。絵を描いているのだ。

　あの神戸旅行以降、いさなはますますイラストにのめり込むようになった。その分、僕と遊ぶことも減り、最近は専らスマホでの交流が主となっていた。

「あれから何か描いてたのか？」

「まあいちおう、いろいろ……。見ますか？」

「いいなら」

　いさなは机の上からタブレットを取り、僕に手渡してくる。画面には画像ファイルのサムネイルが並んでいた。

「へ、変なとこ見ないでくださいね！」

「……変なとこってなんだ？」

「そ、そのう……さっき撮ってたような写真が結構……」

「…………………………」

　重々気を付けよう。

　僕はタブレットを持って、床に胡座をかく。いさなは一度ベッドに腰掛けたが、ハッと何かに気付いて、床にお尻を落として女の子座りをした。高さ的に僕からパンツが見えると思ったんだろう。腰掛ける前に気付け。

僕はざっとイラストファイルを確認していく。イラストと言っても、ほとんどはラフやスケッチのようで、中にはなんとなく人の輪郭を取っただけのもの——たぶん『アタリ』ってやつだろう——もある。何枚か線画までできているものもあるが、色まで付いているものは一つもなかった。

「一つも完成してないじゃないか」

「そうなんですよね〜。何だかどれもピンと来なくて……」

スランプってやつか……？　この前はあんなに凄い絵を描いてたのに……。

「神戸の帰りに描いてたラフはどうしたんだ？」

「あ！　あれは完成しましたよ！　別のフォルダに入ってます」

ちょっと貸してください、と手を差し出されたので、僕はタブレットを返した。勝手に操作されると本当にマズいらしい。

「これですこれです」

と言って、いさなはずりずりと膝で歩いて、僕の隣に座り直す。

そして、横から差し出されたタブレットの画面に、僕は目を吸い寄せられた。

切なげに泣き笑う、女の子の絵——

僕の貧しい表現力では、そんな簡単な言い方しかできない。だが、そのイラストからは、情緒が香り立ってくるかのようだった。台詞もなければキャプションもないのに、細かな仕草や髪先の遊び方、色使いの一つ一つから、濃厚なストーリーが溢れ出してくる。

ＳＮＳでバズっているイラストと見比べても、遜色のないものに見えた。

もちろん、普段見ているプロのイラストに比べると荒削りで、特に色付けには、やりたいことに技術が追いついていないような印象があるが……。

「ラフのときのほうがいい感じだったんですよねー……。まあよくあることなんですけど」

「いや、それでもこれは上手いよ。前に見せてもらったときとはレベルが違う」

「そ、そうですか？　うぇへへ……」

適切な言葉が出てこないのがもどかしいな。上手いなんてもんじゃない。ただ練習すれば身につく技術とは違う、『センス』と呼ばれるものが匂い立つイラストだ。

素人の僕でさえ一見でそう感じるのだから、いさなにはかなり、大勢に突き刺さる才能が宿っているのだと確信できる。あとは数をこなして技術さえ追いつけば……。いや、本人は納得いっていなさそうだが、このイラストでも充分に、世間の評価は得られるんじゃないか？

「このイラスト、評判はどうだったんだ？」

「え？」

いさなはきょとんと首を傾げる。

なんだその反応？

「いや、だから評判……」

「まあ、よかった……ってことになるんですかね？　いま水斗君が褒めてくれたわけですから……」

「んん？」

「ええ？」

僕は怪訝に思って眉根を寄せた。

まさかとは思うが……。

「……そういえば君って、どこでイラストを発表してるんだ？　ツイッターか？」

「え？　発表なんてしてませんけど」

「…………………」

そのまさかだった。

「ちょっとやってみよっかなー、と思ったことはあるんですけど、結局……。だから水斗君にしか見せてませんよ？」

それだけでこれだけの量を描いたのか？　これも才能といえば才能だな……。

だが、わかった。

「君、それで絵を完成させられないんじゃないか？」

「えっ……どういうことです？」

「要はゴールがないんだ。ゴールがないから途中でやめても失敗にならない。マラソンなら途中で帰ると失格だが、ジョギングなら途中で帰っても誰にも怒られないだろ。それと同じだ。失敗にならない――リスクがないから、簡単に途中で投げ出せてしまう」

「お、おお……なるほど……お耳が痛いです……」

キュッと両耳を塞ぐいさな。僕は片方の手を引っ張って耳を開けさせ、

「このイラスト、ネットに上げろ」

「ええっ⁉」

いさなはちょっと跳ねた。

「む、無茶なこと言わないでください！　わたしは面白大喜利ツイートもできなければ、お洒落なスイーツの写真を撮ることもできないんですよ⁉」

「いらん。そんなもん。イラストだけでいい。それ用のＳＮＳもあるだろ。それでも不安なら、運用は僕がやったっていい。僕も君が不用意な発言で炎上するところは見たくない」

「な、なんで水斗君がそこまで……？　お給料出ませんよ？」

「それは……」

少し躊躇ったが、ここは恥ずかしがっている場合じゃなかった。

おそらく今、東頭いさなという才能の命運が、僕の手に握られているのだから。

「――君の才能に惚れたからだ」

「ふえっ？」

間の抜けた顔をしているいさなをまっすぐに見て、僕は断言する。

「いさな、君には才能がある。それも飛び抜けた才能だ。どういうわけか、それに一番早く気付いたのが僕だった。だから、僕には使命がある。君の才能を適切に育てて、世間に送り出す使命だ。僕はこの使命に、人生全部懸けたっていいと思って——」

「ちょ、ちょっ！　ストップ！　ストップです！」

いさなが顔を赤くして肩を押し退けてきたので、僕は早口を止めた。

「どうした？」

「もっ、持ち上げすぎですよぉ……。気持ちは嬉しいですけど、才能なんて、そんな大それたもの、わたしになんか……」

「いや、ある。君に自覚がないなら、何度でも僕が言う。東頭いさな——君は絶対に、天才だ」

「…………うう…………」

いさなは俯いて口籠り、ちりちりと前髪をいじった。照れているときの仕草だ。僕も僕で結構小っ恥ずかしいんだが、僕まで照れてしまったら台無しだ。

僕はいさなの顔を一心に見つめ続けた。いさなは右へ左へと、逃げるように視線を泳がせる。僕はそれを捕まえるように、ひたと視線を動かさなかった。

「……わ、わかりましたよぉ……」

やがて、いさなは観念したように言った。

「水斗君が全部やってくれるなら……。わたしも、興味はありましたし……」

「よし。じゃあ、早速次に描く作品を決めよう」

「次？」

「この一枚きりでイラストレーター人生終わらせる気か。何事も数をこなさないと上手くはなれない。君だってもどかしいんじゃないか？　『こういう風にできたら』って思うのに、どうやったらそうできるのかわからない——君の絵からは、そんな雰囲気がひしひしと感じられる」

「水斗君はエスパーなんですか……？」

ただの読書家だ。読解力には自信がある。

僕はタブレットを手に取ると、さっき見たラフイラストを一つ一つ物色していった。

「……これでいいだろ。このラフを完成させよう」

「これですか？」

「適当にやるなよ。全力で、頭を振り絞って理想に近付けるんだ。……ただし、〆切（しめきり）は一週間後」

「ええーっ⁉　〆切あるんですか⁉」

「じゃないと完成できないだろ、君は」

むーん、と唇を尖(とが)らせて、いさなは僕が指定したラフを眺めた。

「これかぁー……」

「気に入ってないのか？」

「だって、エッチじゃないじゃないですか」

「未成年にエロイラスト描かせてアップさせるわけにはいかないだろ……」

　個人的な趣味ならともかく。

「だったら、こうしよう」

「はい？」

「確かにこのラフはエロくない。キャラはきっちり服を着込んでるし、シチュエーションもエロスゼロだ。……そこで、このまったくエロくないラフを、エロく見えるように仕上げてみる、っていうのはどうだ？　それなら法にも触れないし、工夫のし甲斐(がい)もあるだろ」

「……ほほう？」

　いさなの目の色が変わった。

　これは決して体験談ではないが、人は性的なことになると、モチベーションが無限大になる傾向にある。実際、エロ系の絵師や漫画家は画力の凄い人ばかりだ。いさなは普段(い)、ライトノベルのエロい口絵を平気で一〇分以上眺めているような奴(やつ)だし、そこから活かせるものもあるだろう。

「やる気が出てきましたよ水斗君！　いけないものは、こっそり匂わせてこそ趣深いんですよね！　乳首の出てる同人より、乳首の出てない公式の抱き枕カバーのほうが興奮する、みたいな！」

「それは全然違うと思うが」

やる気を出してくれたならうるさくは言うまい。

予想もしていなかった事態だが、不思議と僕もやる気に充ち満ちていた。これほどまでに何かを『やろう』と思ったのは生まれて初めてかもしれない。考えようと思うまでもなく、東頭いさなの記念すべき公開一作目となるこの失恋イラストに、果たしてどんなタイトルを付けるべきか、いくつもの案が頭の中を巡っていた。

「……ところで、水斗君」

そんな僕に、いさなが遠慮深げな上目遣いで言う。

「ちゃんと〆切に間に合わせたら……その、ご褒美とか……ありますか？」

……まったく、俗物め。君のための〆切だっていうのに。

僕は少し笑って、

「わかったよ。何か考えとけ」

「やったーっ！」

いさなは子供のように座ったまま飛び跳ねる。それから「ぬおわっ⁉」と目を白黒させて、胸の膨らみを両手で押さえた。激しく揺れて痛かったらしい。アホか。

そうと決まったら、早速ＳＮＳのアカウントを作ろう。まずはフリーメールのアドレスを取得して——

「なあ。ペンネームはどうする？」

「あ、そうですね。どうしましょう……。覚えやすいのがいいですよね？」

「覚えやすすぎて検索できないのも困り物だけどな」

たまにいるよな。思いっきり普通名詞を名前にしてるイラストレーター。

などと話し合っていると、

「——おぉーい。いさなぁー」

そんな声が聞こえて、ガチャリと不躾にドアが開いた。

現れたのは長身の女性——いさなの母親、凪虎さんだった。

「おっ。もう来てたか」

「お邪魔してます」

そういえば、そもそもこの人に呼び出されたんだった、僕は。

「何か用があるという話でしたが」

「おう。その様子だと、今のいさなの状態も知ってるみてーだな？」

「いさなの状態？」

僕は隣を見る。

大きなシャツを一枚着ただけの、この無防備極まりない格好のことか？

「そいつ、ここんところ絵を描くのにハマってるだろ？」

ああ、そっちのことか……。

「部屋に閉じ籠ってんのは前から同じだが、最近はそれに拍車がかかっててよ。酷いときには飯を食べに来ることさえねえ」

「……絵を描くのをやめさせろという話なら、お断りしますが」

「違げーよ。警戒すんな。アタシを視野の狭い教育ママみたいに言うんじゃねえよ。んなケチ臭せえこと言うかってーの」

だとしたらなんだろう。

「ハマってることがあんのは大いに結構だ。今時、勉強していい会社に入れば将来安泰ってわけでもあるまいし、アタシだって学生時代は好き勝手したもんだ。……とはいえ、あの学校に通わせるのに高い金を払ってんのは事実だ」

まあ確かに、ウチは私立だからな。僕や結女は特待生で学費免除だが……。

「おい水斗クン。いさなの中間テストの結果は知ってるか？」

いさなが急に縮こまって、僕の後ろに隠れた。

僕はそれを振り返り、

「……そういえば知りません」

「そいつはよかったな。惨憺たる有様だぜ」

うう、といさなは肩身狭そうに呻いた。

「絵にハマるのはいいが、落第だの留年だのは話が別だ。余計な金がかかるからな。そこで水斗クン、お前をいさなの家庭教師に任命する」

「は？」

今、断言したぞこの人。

「多少だがバイト代も出してやる。足りなければいさなが身体で払う」

「娘を売りましたよこの人！　母親の風上にも置けません！」

「やかましい。人並みの成績になってから人権を主張しろ」

いさなは論破されてしゅんとした。母親の風上にも置けなそうなのは確かなようだ。

家庭教師か……。確かに今のいさなは、勉学を疎かにしていそうだが——そうなると僕は、定期的にこの家に通うことになる。

——なんで私に許可取るの？

「どうだ？　我ながら完璧な采配だと思うんだがな」

そう言って、凪虎さんは見透かしたように笑った。

この人は、僕がいさなのプロデュースをすることになるとわかっていたのだろうか？　僕が家庭教師になれば、いさなの絵と勉学の両立を、より効率的にマネージメントできる——確かに、これ以上の采配はありえない。

まるで、外堀を埋められているかのようだ。

僕には最初から、選択肢なんてなかったのだ。

「……わかりましたよ。少なくとも期末までは面倒を見ます」

「よし来た。今は持ち合わせがねえから、いさな、とりあえずバイト代払っとけ」

「ひええ……！　処女喪失の危機！」

「いらん」

ちょっと楽しそうに言うな。この親子には品というものがないのか？

伊理戸結女◆外堀

「え……？」

東頭さんの家から帰宅した水斗の報告に、私は凍りついた。

「だから、家庭教師だよ。凪虎さんに——いさなの母親に頼まれてさ。少なくとも期末まではほぼ毎日、向こうの家に行くことになった」

ほぼ、毎日？

東頭さんの家に？

家庭教師？

二人っきり⁉

「まったく強引だよ、凪虎さんは。同じ母親でも由仁さんとは大違いだ。『バイト代が足りなければいさなが身体で払う』とか言ってさ――」

「身体でっ⁉」

「……言っておくが、それはちゃんと断ったぞ？」

水斗がしらっとした目を向けてくる。そ、そうよね。当たり前よね。

いや、でも、待って？

仮に冗談だとしても、そんなことを言うってことは、母親公認の仲ってこと？

そもそも、大事な娘に同世代の男の家庭教師をつけるって、相当信頼してないとできないことよね？　どうなっちゃってもいいと思ってるってこと？　家族として迎え入れる気満々ってこと？　っていうか凪虎さん⁉　東頭さんの母親とそんなに仲良かったの⁉　家族ぐるみの付き合いなのっ⁉

頭がパンクしそうだった。

元より、学校では水斗と東頭さんは付き合っていると思われている。けど、家族でまでとなったら、それは……。

「帰りが遅くなることもあると思うから、一応言っておこうと思ってさ。それじゃ、僕はちょっと調べることがあるから――」

「――まっ、待って！」

背を向けようとした水斗の腕を、私は慌てて摑んだ。

水斗は怪訝そうに、私の顔を見る。

もう後戻りはできなかった。

東頭さんが母親なら、私は――

「実は……あなたに、頼まなきゃいけないことが、あったの」

譲りたくない。

たとえ、水斗にも東頭さんにも、そのつもりがなかったとしても。

私は――私の場所は――

「――私のお父さんに、会ってくれない？」

第二章　運命の相手

川波小暮◆一番幸せになれる人

「家族ぐるみの付き合いって、意外とメンドーだよね」

暁月はオレの膝の上で、ゲームをしながら言った。

「親って歩くアルバムみたいなもんじゃん。本人の知られたくないことまでペラペラ喋っちゃってさ」

胸の中に収まった暁月の小柄な身体は、風呂上がりでぽかぽかと温かい。めっきり寒くなった今にはうってつけの湯たんぽだったが、寝間着の緩い襟元から覗く胸元が、目に毒で仕方がなかった。

「あー」

オレは誤魔化すように相槌を打ちつつ、

「あんまピンと来ねーけどな、オレの場合……。歩くアルバムどころか、歩く黒歴史みたいな奴がいるもんでよ」

「誰が黒歴史だっ！」

抗議しながら、暁月はぐりぐりと後頭部をオレの顎に擦り付けてくる。どうしようもなく鼻腔を満たすシャンプーの香りから逃れつつ、

「なんで急にそんな話をし始めたんだ？」

「んー？　いや、友達にね、彼氏に親紹介したって子がいてさ」

「うわ、重っ……」

「はっきり言ってやんなよ！　あたしもそう思ったけどさ！」

「もし別れて新しい彼氏作ったら、そのときはどうすんだよ。また紹介すんの？」

「『前の人より優しそうね』とか言われちゃったりして」

「うげあー！　最悪だわ……」

想像するだに恐ろしいぜ。彼氏のほうはどういう顔をすりゃいいんだ？

暁月はオレの顔に振り返って、

「あたしらは良かったよね。親に言わなくて」

「それだけは褒めてやりたいね。当時のオレたちをな」

「ホントそれ！」

オレたちは笑う。そのせいで未だに『アンタまだ暁月ちゃんと付き合ってないの？』と

か言われちまうのが玉に瑕だが。

暁月はオレの胸に背中をもたせかけながら、

「まあ、付き合ってる間はわかんないもんだよ。いつか別れるときが来るなんてさ」

「……それがわかってたら、最初から付き合ったりしねーだろ」

「それもそうかぁ。……世の中のカップルが、みんな結婚できたらいいのにねえ」

「結婚しても離婚するかもじゃね」

「世知がらぁー」

男女の仲が唯一で永遠だったのは、もう遠い昔の話。

今時、人生を満たす方法はいくらでもある。尽くしたい誰かが欲しければ推しを作ればいいし、誰かに認められたければ配信者にでもなればいい。

結婚は人生の必須イベントではなくなり、恋愛は一部の人間の趣味でしかなくなった。

ゲームをするのと同じ、死ぬまでの暇潰し――

「――それでも信じられる人が、一番幸せになれるのかもね」

唯一でもなければ永遠でもない。

それを知りながらも――信じられる、誰か。

「……たまにわかった風なこと言うよな、お前」

「あんたはわかんないフリしすぎ」

んひっ、と意地の悪い笑みを浮かべて、暁月はぐりっと、お尻をオレの太腿の根本まで滑らせた。やべっ、そんなに押し付けられたら——

「最初からバレてるよ？　スケベ」

「…………………」

オレが無言で目を逸らすと、暁月はそれを捕まえるように振り返り、

「（家族には言えないコト、する……？）」

蠱惑的に、そう囁いた。

答えは決まってる。

「……しねーよ……」

「我慢は良くないよ？　こーくん♥」

「しまいには乳揉むぞてめえ！」

「おっ！　大きくしてくれんの？　ありがと～♪」

重い女と軽々に付き合うべきじゃない。

それだけは確かだった。

伊理戸水斗◆無形の創作者

いさなの家庭教師になって一週間が経った頃、僕はいさなと一緒に、とある芸大のキャンパスを訪れていた。

「勉強やだーっ！」

いさなが爆発したのだ。

ＳＮＳに投稿したあの失恋イラストの評判は上々だった。初投稿であることを鑑みたら良すぎるくらいだと言っていい。気を良くしたいさなは、僕が設定した〆切をしっかり守って二作目を完成させつつも、勉強の遅れを少しずつだが取り返していた。

が、そう長く続くものでもなかったらしい。

「息が詰まりそうです！　こんな管理された毎日！　絵描きたいラノベ読みたいゲームしたい昼寝したい夜更かししたーい!!」

欲望の権化たる東頭いさなに、規則正しい生活はむしろ毒だったようだ。

そういうわけで、彼女に気分転換をさせるために、今日は大学で開かれるというゲームクリエイターの講演会に足を運ぶことになったのだった。

「わたし、こういうの行くの初めてです。水斗君は？」

「僕もサイン会とかは行かないタイプだからな。でもたまにはいいだろ？」

「はい！　教科書を読むよりもずっと勉強してるって感じがします！」

たまたまネットで開催情報を見かけたのだが、講演会に登壇するのがいさなもやっているゲームのプロデューサーだったらしく、じゃあ行くかという話になったのだ。

イラストレーターとは畑違いだが、業界のプロの話を聞くのはいい刺激になるだろう。ここでモチベーションを補給して創作と勉強に活かしてくれたら、僕の仕事も楽になる。本当に手がかかるなコイツ。

入口近くでキャンパスマップを見て、会場となる講義室を目指す。

大学の構内に入るのは二回目だが、何とも不思議な空間だ。なんというか、高校に比べて生活感がある。高校がきっちりと大人に制御された空間なのに対して、大学は学生の個性が形作っている空間という感じがした。

芸大というのもあるんだろうな。そこら中に学生が描いたと思しき絵や、何を模っているんだかわからんオブジェが散見されて、まるで文化祭の準備期間のようだった。

「ほあー……」

そんなキャンパスのカオスを、いさなは興味深げに眺め回している。彼女が進学するとしたら、普通の大学よりもこういう大学のほうが合うのは確かだろう。まだ二年以上も先のことだが、そのときは確実に、僕とは異なる進路に行くことになる。

僕の進路は、暫定で京大である。

ウチの学校で学年二位なら、当然と言ってもいい進路だ。たぶん、受ければ受かる。そのくらいの自負はある。けど、学部についてはあやふやだった。なんとなく文学部かと思っているけど、それも読書が好きだから以上の理由はない。

いさなが進む道を決めるとき、僕もまた、あやふやなままにしている自分の未来を、決定しなくてはならなくなるだろう……。

「ここか」

目的の講義室に辿り着いた。

後ろのドアから中に入ると、黒板のある前方に向かって段々に低くなっていく席に、疎らに聴講者が座っていた。慣れないキャンパスで迷うのを計算に入れて、早めに来たのが功を奏したらしい。最後列の席が空いていたので、いさなと隣同士に座った。

へあー、と間の抜けた声を漏らしながら、いさなが天井のほうを見上げる。

「水斗君。天井からモニターがぶら下がってます」

「ああ、後ろの席からでも板書が見えるようにじゃないか？　それかスライドを映すとか」

「おおー。高校の教室よりもずっと広いですもんね」

この講義室のキャパシティは、おそらく三桁に上るだろう。部屋の広さからして、高校とは桁が違うのだった。

しばらく待っていると、講義室の席は徐々に埋まっていった。

最終的には八割程度が人で埋まる。聴講者の層はバラバラで、やはり大学生らしい若者が多いが、中には明らかに五〇は超えているおじさんもいるし、逆に中学生くらいの子供もいた。大学生に高校生が混じるなんて目立つんじゃないかと思っていたが、杞憂だったようだ。

やがて、講演会開始時刻の直前になると、前側の扉から大学のスタッフらしき女性に伴われて、スーツの男性が入ってきた。

スーツと言ってもノーネクタイで、サラリーマンよりも若手の実業家のような雰囲気を帯びていた。歳はたぶん四〇代だろう。おそらくお洒落で、顎に少しだけ髭を残している。いかにもインタビュー記事でろくろを回していそうな人だった。

初めて見るはずだが、僕は脳裏に引っかかるものを感じた。

「……なあ、いさな」

「はい？」

「あの人、どこかで見たことないか？」

「え？　何かのインタビュー記事じゃないですか？　対談とかインタビューとか、よくやってるの見ますよ」

「そうじゃなくて……」

どこかで、実際に会ったことがあるような……。

実業家風の男性は、時間になるなり、教卓のマイクを手に取る。

「こんにちは、皆さん。お越しいただき光栄です。ぼくが慶光院涼成です」

ちなみに本物です、と付け加えて、聴講者の笑いを誘った。なりすまされたことでもあるのだろうか。

「よく間違われるのですが、『すずなり』ではなく『りょうせい』です。皆さんも子供ができた際には、読みやすい名前を付けてあげてください」

軽快な語り口で空気をほぐしてから、ゲームクリエイター・慶光院涼成の講演会は始まった。

彼の経歴は見事なまでに成功者のそれだった。大学卒業直後、当時黎明期だったソーシャルゲームのベンチャーを立ち上げ、大ヒット。ディレクター兼プロデューサー兼取締役として会社を大きくすると、それを後進に託して独立——現在は少数精鋭の仲間と共に、インディーゲームを作っているという。

……ソーシャルゲームか。

それを聞いて僕は、結女の話を思い出した。

結女の父親は、何らかのクリエイターだったという。何らかの、という言い方になるのは、かつての彼女の家には、父親が作ったものが一つもなかったからだそうだ。

作ったものがソーシャルゲームだとしたら、家に成果物がなくても不思議はないな。何せコンシューマーのようなパッケージが存在しないんだから——

「ぼくには物を作る才能はありません。だから誰かの才能を活かす道を選びました。世に数多(あまた)と存在し、しかし多くが日の目を見ずに潰(つい)える天才たち――彼らがその能力を最大限に発揮する場所を作り、ユーザーという日の下に送り出す。それがぼくの仕事です」

いさなの付き添いでしかなかったはずのぼくは、いつしか彼の話に聞き入っていた。

だから、脳裏にあった引っかかりの正体に気付いたのは、講演会が終わってからのことだった。

伊理戸結女◆日常に隣り合う不安

この休日、私は暁月さんや麻希(まき)さん、奈須華(なすか)さんと一緒に、喫茶店で勉強会をしていた。二学期の期末テストは、もう目の前に迫っている――中間テストに比べて科目数が多いから、しっかり対策しておかないといけない。だからこうして、学校に入れない休日にも、集まって勉強しているのだった。

それと、私個人の理由を言えば、気掛かりなことがあって……一人だとなかなか集中できないから、誰かが一緒にいてほしかった、というのもある。

「やってるね」

ちょうど私が、奈須華さんに数学の問題を教えているときに声をかけてきたのは、ウエイトレス姿の紅鈴理(くれないすずり)会長だった。

紅

これに元気良く麻希さんが、

「押忍（おす）！　やってまーす！」

と答える。

この喫茶店は、紅会長のバイト先だった。生徒会の歓迎会の会場にもなった場所だ。

休日勉強会の場所を探していた私たちに、会長が快くバイト先を提供してくれた形だった。実際、ファミレスやフードコートよりずっと静かで、勉強場所として申し分ない。

「いやー、意外でした！　会長がそんな可愛（かわい）い服着てバイトしてるなんて！」

「ふふふ。だろう？」

小柄な身体（からだ）に誂（あつら）えたようなウエイトレス服の会長は、自慢げに薄く笑う。

「あまり口外しないでくれたまえよ？　冷やかしの生徒が増えると、マスターに迷惑がかかるからね」

「了解です！」

会長は私たちのコップに、お冷やのおかわりを注いでくれる。注文した紅茶やコーヒーは、もうみんな空になっていた。

「でも会長さんは、大丈夫なんですか〜？」

と、のんびりした口調で奈須華さんが訊（き）く。

「テスト勉強せんと、バイトなんかしとって〜」

「普段からやってるからね。心配は無用だよ」

「……そういえば、会長がテスト前に根を詰めてるところ、見たことないかも」

私がぼそりと言うと、紅会長はくすりと悪戯(いたずら)っぽく笑う。

「夏休みの宿題は計画的にやるタイプでね」

だったら羽場(はば)先輩とのことはどうして計画的にできないのかなあ――という毒は、心の内に留(とど)めておく。

暁月さんがぐでーっとなって、

「去年の過去問教えてくださいよぉ、せんぱ～い……。あたしもう限界～……」

「ダメだよ。というか無意味じゃないかな。ウチのテストは過去問対策も万全だからね」

「うへ～……」

「どうにか自力で頑張ってくれたまえ。何、我が生徒会の頼れる書記がついているんだから、造作もないさ」

冗談めかしてそう言って、会長はスタッフエリアへと戻っていった。

すると麻希さんが、にまっと笑って私を見る。

「頼れる書記だってさ」

「やめてよ。議事録取ってるだけなんだから、私なんか」

私は曖昧に笑って言った。他にはレジュメを作ったり、ホームページの更新をしたり、生徒会だよりを作ったり……いずれは会誌の編集もすることになるらしいけど、委員会や部長連と矢面に立ってやり合っている会長や亜霜(あそう)先輩に比べたら大したことはない。

「いやいや、充分だって！　パソコンカタカターってやってさあ！　カッコ良くない？」

「まあ、キータッチは確かに上手(うま)くなったかも」

パソコンなんて、生徒会に入るまで授業でしか触ったことなかったし。水斗は自分のを持ってるけど……。

「どっちにしろ学年一位じゃん！　お助け～！」

勉強ゾンビこと暁月さんが、隣の私にへばりついてくる。

「はいはい。じゃあとりあえずシャーペン持ちましょうね」

「うえ～ん！　指痛いよ～！」

「まだ千切れてないから大丈夫」

「はうっ……！　スパルタな結女ちゃんもいい……」

はいはい、と私はもう一度あやした。

こうしている間にも、私の脳裏には、期末テストが終わった後に控えるイベントのことがぐるぐると駆け巡っている。

私の生みのお父さんとの、水斗を伴った三者面談。

水斗は意外にもあっさりと承諾してくれたけど、彼の中でこのイベントの位置付けはどうなっているんだろう。厄介な面倒事？　それとも……。

ああもう！　お母さんもついてきてくれたら良かったのに！　何でも、『旦那さんに悪いから』って、向こうが私と水斗だけでいいって言ってきたらしいけど……。

……お父さんもお父さんで、どんなつもりなのかわからない。

別れた奥さんの再婚相手の息子って、会いたいような相手なの？　私なら絶対嫌だけどな……。どういう顔で会えばいいのかわからない。

私が一番の当事者のはずなのに、何だか置いてけぼりにされてる気分だ。

「……はあ」

「結女ちゃん？」

「あ、ううん。ごめん、何でもない」

私は会長が注いでくれたお冷やを飲んで、漠然とした不安を誤魔化す。

うっかり東頭さんに対抗したくなっちゃったけど……本当、どういう会合になるんだろう？

伊理戸水斗◆奇遇

講演会が終わり、僕たちは講義室を出た。

「結構面白かったですね〜。インディーゲームはあんまりやらないので新鮮でした」

「そうだな」

確かに面白かった。他人の才能を活かすことの工夫や面白さ——いさなよりもむしろ、僕が今やろうとしていることのほうに関連が大きい話だったような気がした。

「君って将来、絵でやりたいこととかあるのか？　ライトノベルとか、ゲームとか……あとVTuber のデザインとかもあるか」

「えー？　はっきりとは考えてませんよぉ。……あ、でも、エッチな同人誌は作ってみたいです」

「往来ではっきり言うことか。十八歳になったらな」

「うへへ……二年後が楽しみですねぇ」

そもそもこいつ、普段の発言からして、真面目に十八禁を守っているとは思えないんだが——あんまり触れないほうがいい気がしてきた。

「そもそも君、売り子とかできるのか？」

「コスプレの人に頼むに決まってるじゃないですか！」

「その交渉ができないだろって話だよ」

僕がやることになるんだろうな。その未来が今から思い浮かぶ。女友達のエロ同人誌の売り子のためにコスプレイヤーと交渉する——どういうシチュエーションだよ。まず女友達が描いたエロ同人を読まなきゃいけないという状況からして頭が痛い。

「まあ、それもこれももっと上手くなってからだし、何より目の前の期末テストを乗り越えてからだ」

「うげえ……思い出させないでくださいー……」

いさながどういう将来を選ぶにしろ、高校を中退させるわけにはいかない。今日の講師だった慶光院って人も、なかなか立派な学歴の持ち主だったしな――

「……それにしても、やっぱりどこかで……」

「はい？」

「なあ。やっぱりあの慶光院って人、どこかで見たことないか？」

「ええ？　それって、わたしも見たことあるってことですか？」

そうだ。なんで僕はいさなに訊くんだ？　もしかして、あの人を見たその場に、いさなも一緒にいたのか……？

「――うん？」

講義室のある棟から、外に出たときだった。

ちょうどそこで、話題に出ていた本人――慶光院涼成が、スマホで何かをチェックしていた。

彼は僕たちに気が付くと、「君たちは……」と呟いて、

「――ああ、やっぱりそうだ。洛楼（らくろう）の文化祭で」

と、そう口にした。

瞬間、詰まっていた僕の記憶も一気に流れ出した。

ああ――そうだ。

文化祭で、ちょうどいさなと二人っきりになったとき、僕と結女のクラスの場所を訊いてきた――

「これは奇遇だね。あのときは世話になった」

優しげな笑みを浮かべて、慶光院――さんは、話しかけてくる。

いさなは「え？　え？」と混乱した様子で、僕と慶光院さんの顔を見比べた。

「文化祭で会ってたんだよ」

と、僕は抑えた声で言った。

「ほら、僕らが一緒にいるときに道を訊いてきた――去り際に君のことを『素敵な彼女』って言って」

「――あっ！　あのときの……ああ〜！」

ようやく思い出したらしく、いさなはスッキリした声を漏らした。

そう、普通はこのくらい時間がかかる。あんな些細（ささい）なことを思い出すのには。

「……覚えてたんですか？　僕らのことを」

そう尋ねると、慶光院さんはシニカルに笑って肩を竦めた。

「仕事柄、人の顔を覚えるのは得意でね。講演会の最中から気になってはいたんだが、近くで見たらすぐに思い出したよ」

すごい記憶力だ。僕は人の顔と名前を全然覚えないから、超能力にさえ思える。

「君たちは高校生だろう？　芸大の講演会にまで足を運ぶとは、ずいぶんと勉強熱心だ。ゲームクリエイターに興味が？」

「いえ……今日は息抜きです。今はテスト期間なので」

「テスト期間？　……ああ、期末テストか。いかんね。学生をやめると、すぐに当時の習慣を忘れてしまう」

「あなたこそ、あのときはどうしてウチの文化祭に？」

「友人から招待状をもらったんだ。この歳になると、学校という場所はどうしても聖域じみてしまってね。若者の感覚を知るためにも、機会があれば足を運ぶことにしているんだよ。……それに、洛楼には少々、縁もあってね――」

縁？　……さっきの講演会の紹介だと、出身校は別の高校だったが。

「次はこちらのターンだ」

いつの間にかターン制になっていた。

「息抜きにしても、なかなか稀有な選択だ。デートをするなら他にいくらでも場所があるだろう？　僕が見たところ、君たちのどちらか――おそらく彼女のほうかな」

「ふえっ」

僕の背中に半身を隠して会話を見守っていたいさなが、びくっと身体を震わせた。

「彼女が、何らかのモノづくりを志していると見た。どうだい？」

僕は少し躊躇した。いさなの趣味は、別に隠しているわけでもないが、他人の僕が勝手に明かしていいものでもないだろう。本人に判断を仰ごうにも、いさなは初対面の人間の前では貝のように口を閉ざしてしまう。

だが、躊躇は少しの間で済んだ。

理由は二つ。一つは、僕が明かさずとも、彼にはもうほとんどバレてしまっていること。もう一つは――

「――ええ、その通りです。こいつ、イラストを描いてまして。刺激になるかと思って連れてきました」

これはチャンスだと、僕の勘が言っていた。

その経歴と、さっきの講演の内容からして、彼――慶光院涼成は才能を見るプロだ。そのプロに、いさなの才能を査定してもらえるチャンス。こんな機会は、ただの高校生にはそうそう訪れるものじゃない。

もちろんリスクもあるが、彼の様子からして、若い芽を摘むような真似はしないだろう。

分の悪い賭けではないと思った。

「ほう？」

慶光院さんの目がいさなの顔を見て、いさなはさらに僕の後ろに隠れた。

「なるほど。イラストか。僕は昔からからっきしでね、絵を描ける人は無条件に尊敬してしまうよ」

「高一にしては結構上手いと思いますよ」

「ちょっ、水斗君⁉」

いさなが顔を赤くしてぐいぐいと僕の服の裾を引っ張った。上手いのは確かなんだから恥ずかしがるな。

慶光院さんは面白がるように微笑むと、

「よければ見せてもらえるかい？　若い人の作品を見るのが好きでね」

お見通しか。でも望むところだ。

「いさな、いいか？」

「え、えええ……？」

「もうネットに上げてるんだから、今更一人増えたって同じだろ」

「目の前で見られるのは同じじゃないですよう……」

「ははは！　怯えなくてもいいさ」

慶光院さんは軽やかに言った。

「僕は編集者じゃないし、ここは持ち込み会場じゃない。会って二回目の女子高生を貶(けな)して喜ぶほど、性格は捻(ひね)くれていないつもりだよ」

クリエイターが恐れていることが何なのか、よくわかっている。僕の見立ては間違っていないように思えた。

「ネットに上げていると言ったね。ペンネームを聞いても？」

「いさな」

「……うう……わかりましたよぉ……」

僕がいさなのペンネームを告げると、慶光院さんは素早くスマホを操作した。

「このアカウントか。……ふむ……」

慶光院さんの目が少しだけ細まる。

いさなのアカウントに上がっているイラストはまだ二枚。ポートフォリオには少なすぎる。だからこれは自己紹介の延長でしかないはずだったが、慶光院さんの目に浮かぶ色は真剣だった。

「……一つ訊(き)きたいんだが、いいかい？」

やがて、スマホに落ちていた視線が、すっと僕のほうを向いた。

「この……最初の絵。失恋した少女のイラストだが……これをネットに上げるように勧めたのは、君かい？」

「……そうですが」

「ふむ。……なるほど。いい目をしているね」

……ん？　なんで僕が褒められるんだ。

「ワクワクする絵だ。まだ荒削りだが、それがゆえに伸び代があるとはっきりわかる。それでいて、イラストに情緒を載せるセンスがすでに、はっきりと表れている……。それに、この二作目もいい。自分のリビドーを作品にぶつけることにまったく躊躇が見られない。クリエイターには必要な資質だ」

うぎゅううう、という謎の呻き声が、僕の耳元に届いた。恥ずかしいらしい。褒められてるんだから喜べばいいのに。

慶光院さんは突然、スーツの懐に手を入れた。内ポケットをごそごそと探り、「あったあった」と名刺入れを取り出す。

「改めてになるが、僕は慶光院涼成という」

そして差し出されたのは、一枚のお洒落なデザインが入った名刺だった。

「自己紹介が遅れてすまない。君たちの名前を聞かせてもらっても？」

僕は名刺を受け取りつつ、

「伊理戸水斗です」

それから肘でいさなをつついた。

「ひ、東頭いさな、です……」

そのか細い声を、慶光院さんはしっかり聞き取ったらしい。

「伊理戸水斗くんに、東頭いさなさん……よし、覚えた」

コツコツと自分のこめかみを叩き(たた)きながら言って、「……ん？」と眉根を寄せる。

「……伊理戸水斗……」

「はい？」

「いや」

慶光院さんは、ゲームの発売日の子供みたいに、にやりと笑った。

「奇遇は重なるものだ。これだから、人というものは面白い」

……？　どういうことだ？

「何か相談があれば、その名刺の連絡先に遠慮なく連絡してほしい。特に水斗くん――君とはそう遠くない未来に、また会うことになるだろう」

妙に胡散臭(うさんくさ)いことを言って、慶光院涼成はシニカルに笑った。

「なぜだか胡散臭いと言われることが多くてね。せっかくだから予言者ぶってみたよ」

それじゃあ、と言って、慶光院さんは足早に去っていった
僕たちはその背中を見送りつつ、

「……そういうことを言うから胡散臭がられるんじゃないか？」

「ですよね」

信用していいんだか良くないんだか……僕は渡された名刺を見ながら首を傾げた。

伊理戸結女◆再会

「……ん。まあいいんじゃない？」

水斗のコーディネートを見て、私は軽く肯いた。

白いYシャツにシンプルなジャケット、カジュアルだけどカジュアル過ぎない——変に背伸びしてるようにも見えないし、我ながらちょうどいい出来栄えなんじゃなかろうか。

水斗は軽く溜め息をつき、

「人を着せ替え人形にしておいて、なんだその上から目線は……」

「あなたが何も考えないから悪いんでしょ？」

「ただご飯を食べるだけだろ。何を考える必要がある？」

「お洒落なレストラン予約してもらってるんだから、使い古しのフリースとか着ていくわけにはいかないでしょ！」

期末テストも無事に終わり、ついにお父さんとの会合の日がやってきた。

お母さん伝の連絡によると、駅前で集合した後、何やら大人がデートで行くような高級なレストランに連れていってもらえるらしい。今まであんまり詳しく聞いてこなかったんだけど、私の遺伝子上のお父さんって、もしかしてお金持ちなの？

そういうわけでＴＰＯを弁えて、私も透け感のある大人っぽい冬物のワンピースを用意した。お母さん曰く、費用はお父さんに請求するらしいので、私的には儲けものである。

「道中気を付けてね、二人とも」

お母さんが、玄関に立った私たちに言う。

「本当は、わたしも一緒についていくべきだと思うんだけど……」

「『旦那さんに悪いから』って言われたんでしょ？」

「まあねぇ。正しいから何も言えなくなっちゃうのよね、あの人の言うことって……」

お母さんは困ったように笑った。

仮にも何年も夫婦だった相手に対して、こうも気を遣えるなんて、私には想像もつかない。もし水斗に新しい彼女ができたとしたら、私は同じように配慮できるだろうか。複雑な気持ちになって、とても冷静でいられそうにない。

「それじゃあ行ってくるから」

「うん。水斗くんも、困るとは思うけど、ご飯は美味しいはずだから楽しんできて」

「はい」

二人で玄関を出る。

時刻はまだ夕方と言ってもいいけど、空はほとんど黒く染まっていた。十二月の寒風が頰を刺す。私はワンピースの上に着込んだコートの襟をずり上げ、隣を歩く水斗の様子を見た。相変わらず、何を考えてるかわかんない顔。

「緊張してる？」

そう訊くと、水斗は視線も寄越さずに返してくる。

「そっちこそどうだ」

水斗に緊張している様子はなかった。顔色も普通、声色も普通。歩く速度もいつも通りで、ぎこちなさは少しもない。一方の私はといえば、

「ちょっとしてる……かも」

お父さんに会うなんて、いつぶりのことだろう。

小説やドラマでは、別れた妻や娘と定期的に会っている父親がたくさん出てくる。だけど私は、そんな会合をした覚えがない。

だから私は、お父さんは私に興味がないんだと思っていた。

そして、それは正直、私のほうも同じこと……。お父さんと同じ家に住んでいたのは、もうほとんど覚えていないくらい昔のことで。たまにお母さんから話を聞いても、何だか知らない人のことみたいだった。

小学校で『お父さんからお話を聞きましょう』みたいな宿題が出て、困ったことはあるけど――父親という存在に、さほど思い入れがあるかと言えば、それほどでもない。

だから正直、今日この日が何のためにあるのか、わからない。

今更私に、水斗に、どんな用があるっていうんだろう。それが全然わからないから、妙に身構えてしまって、緊張する。

うっかり東頭さんに対抗して、外堀を埋めようとか考えてしまったけど……そんな打算は、とっくに吹き飛んでしまっていた。

会話らしい会話もないまま、私たちは集合場所に辿(たど)り着く。

水斗とデートの待ち合わせに使ったこともある、京都タワーサンドの前だった。

街は早くもクリスマスムードに包まれていて、どこからともなくクリスマスソングが鳴り響いている。どこか浮き足立っている気もする人並みの向こうに、スマホを見下ろして時間を潰している、何人かの人が見えた。

着いたら、スマホで連絡を入れる手筈(てはず)だった。けどその前に、私は気付いた。

銀色の太い柱に背をもたせかけた、スマートなコートを着こなした男性。

その姿を見た瞬間、するすると記憶が蘇(よみがえ)った。

「お父――」

「――慶光院さん？」

私が呼びかける寸前、水斗が啞然とした風に言った。

え？

コートの男性がスマホから顔を上げて、こちらを見る。

そして、悪戯っぽい笑みを浮かべた。

私のお父さん——慶光院涼成が。

「だから言っただろう？　水斗くん」

伊理戸結女◆視線の行き先

お父さんに案内されて、私たちは近くのビルの上階にあるレストランに入った。京都の街や京都タワーが一望できる、いかにもインスタ映えしそうなレストランだったけど、私の頭の中は混乱でいっぱいだった。

なんで水斗とお父さんが知り合いなの？

その疑問に、お父さんはコートを脱いでテーブルに着いてから答えた。

「水斗くんとは先日、大学の講演に行った際にたまたま会ってね。名前を聞いたら、結女の義理のきょうだいになった子と同じで、僕も驚いたよ」

「大学の講演って……？」

「ん。そういえば、結女には僕の仕事を話していなかったか。僕はゲーム会社でプロデューサーをやっていてね。たまに芸大なんかから講演の依頼が来るんだよ」

ゲーム……。何かコンテンツ系の仕事をしてたっていうのは、なんとなくわかってたけど……。

私は隣で素知らぬ顔をしている水斗に目をやる。

「ゲームなんて……興味あったの？」

「……いさなの付き添いだよ。テスト勉強の息抜きだ」

水斗は不承不承といった感じで説明する。

え？　ちょっと待って？　それって……水斗だけじゃなくて、東頭さんもお父さんと会ってたってこと？　こっちの外堀も埋まってるってこと!?

一瞬、混乱が加速したけど、いやいや、落ち着こう。そもそもほとんど会わないお父さんが、東頭さんのことを水斗の何だと思ってたって関係ない。外堀と言うには遠すぎる。

「そうだ、水斗くん」

お父さんはおしぼりで手を拭きながら、水斗に声をかける。

「そういえば三枚目のイラストが上がっていたね。一枚ごとに画力が上がっているのを感じるよ。テスト期間だというのに大したものだ――きみのマネージメントのおかげかな？」

「あいつの才能ですよ。僕はせっついているだけです」

……え？　何？　マネージメント？

「ど……どういうこと？　東頭さんと何かやってるの？」

「それは……」

「彼は、友人の創作活動をサポートしているんだよ」

水斗が口籠った瞬間、お父さんが言った。

「才能を見る目も確かなら、その育成方針も見事なものだ。とても高校一年とは思えない」

「……家庭教師じゃなかったの？」

じろっと見つめると、水斗はしらっと目を逸らした。なんとなく、気まずそうに見えた。

「……それは凪虎さんに頼まれた。マネージャーのほうは、僕が自主的にやってる」

「そう……なんだ」

東頭さんが絵を描いているのは知ってたけど、そこまで本格的なものとは知らなかった。

確かにもし、東頭さんがそういう活動をするんだったら、誰かの——水斗のサポートが必要となるのは、自然な流れに思える。

だけど、水斗の声色や態度からは、私に対する罪悪感のようなものが垣間見えた。東頭さんとそういう活動をしてるって、私には知られたくなかったのかな。どうして……？

「さて、まずは好きなものを注文してくれ。値段は気にしなくていいよ。今日は僕の都合で呼び寄せたんだからね」

　メニューに書かれた値段に恐々としながら、私と水斗は注文を済ませる。お父さんだけがワインを頼んだ。

　ウェイターが注文を受け取って去っていくと、私はおずおずと切り出す。

「……えっと。……今日はなんで……って、訊いてもいいの？」

　父親に敬語っていうのも変だけど、タメ口の仲でもない気がして、少し迷った。

　お父さんは気にした風もなく、柔らかに笑って、

「そうだね。まずはそれを話しておこう」

　テーブルの上で緩く手を組んだ。指輪の跡は、どの指にもなかった。

「四月頃だったか。由仁から――いや、伊理戸さんから新生活の報告を受けてね。養育費はもう要らないという話のついでだったんだが……そのときに、結女に同い年のきょうだいができたことを知ったんだ。多感な時期のはずだが、思った以上に仲良くやってくれている、とね。しかし――」

　お父さんは軽く首を傾げて、

「正直に話そう。きみたちは賢い。下手な誤魔化しは通じないだろう――しかし、そこで僕はこう思ったんだ。『多感な高校生の男女がいきなり同居して、最初から仲良くできるなんて不自然だ』、と」

　私はドキリとして、束の間、呼吸を止めた。水斗も瞬きをやめて、唇を結んでいた。

「仲良くできるにしても、『いきなり』ということはないだろう——どう足掻いても、最初の頃は探り探り、ぎこちない間柄になる。しかし、伊理戸さんからそういう話は聞かなかった。僕は仕事柄、こういう不自然さを自動的に勘繰ってしまうところがあってね——伊理戸さんの話が本当だとすれば、考えうる可能性は何だろうか、と考えてみた。結果、浮かび上がってきたのは三つ——」

三本の指を立てて、お父さんは言う。

「一つ、『二人は以前から知り合いだった』」

薬指を折る。

「二つ、『相手の男の子がかなりの変わり者』」

中指を折る。

「三つ、『その両方』」

人差し指を折る。

まるでミステリの名探偵のような振る舞いは、だけど、完全に図星だった。私たちは以前から知り合いだったし、水斗はかなりの変わり者だった——だからこそ私たちは、最初から仲のいいきょうだいとして振る舞えた。

当事者であるお母さんや峰秋おじさんは、きっと安堵から、私たちのこの不自然さを疑わなかったのだろう。だけどお父さんは、部外者だからこそ冷静に分析できた——私と水斗には、ただの義理のきょうだいではない何かがある、と。

ちょうどこの辺りで、ウェイターがドリンクを持ってきた。私の前にはアイスティーが、水斗の前にはウーロン茶が置かれ、お父さんはワイングラスを受け取る。

お父さんはグラスに注がれた紫色のお酒を軽く揺らし、

「いずれにしても、興味深いと思ったのさ」

唇を濡らすように、グラスを傾けた。

「今更父親ぶるつもりはないけれど、実の娘が同居を許すような変わり者の男の子というのは、一体どんな子なんだろう、とね。単純な興味だよ——本当は、文化祭で少し様子を見て済ませようと思っていたんだが、生憎、僕がクラスに行ったときは二人とも空けていたみたいでね」

「えっ？　文化祭にも来てたんだ……」

「友人に招待状をもらってね。ちなみにそのときも、たまたま水斗くんと東頭さんに会ったんだよ。まさか目的の男の子本人とは思わなかったけどね」

私が驚いて隣を見ると、水斗は「僕も君の父親とは思わなかった」と言った。東頭さんと、ってことは、三人で一緒に回ってたときかな……。私だけトイレに行ったタイミングがあったけど、もしかしてあのとき？

「そういうわけで、直接会うことにしたんだよ。なかなか時間が作れなくて、二ヶ月もかかってしまったけどね」

……なるほど、ね。

なんとなく、腑に落ちた気がした。

お父さんは再び一口、ワインを口に含むと、無言でウーロン茶を飲む水斗に一瞥をくれてから、私のほうを見て微笑んだ。

「彼は面白いね、結女。高校生離れした冷静さを持ちながら、それに相反するような情熱をも持ち合わせている。リアリストで、かつロマンチスト――手前味噌だけど、自分に近しいものを感じるよ」

その評は、水斗の芯を突いているような気もするし、上辺をなぞっているだけのような気もした。

少なくとも、私が心を決めたあのときは――花火を見上げて静かに泣いていた水斗を見た、あのときは――そんな感想は抱いていなかった。

「伊理戸さんが安心するのもわかる。結女は、新しい家族が彼であったことに、感謝しなくてはならないね」

「……うん」

「結女には、将来の目標はあるのかい？　ずいぶん成績が優秀だと聞いているが」

「んー、特に決めてない……。今は生徒会が楽しいから」

「それはいいね。選択肢を広く持てるのは学生の特権だ。存分に楽しむといい」

態度にも声色にも出ていない。だけど、なんとなくわかる。

お父さんはやっぱり、私には大して興味はない。

私のほうも同じだ。そのことに拗ねたくなる気持ちは、全然湧いてこない。

お父さんが興味を持っているのは水斗のほうで、私にとって今一番大事なのは水斗との関係だった。

本当に、奇妙な話。

本来は一番の部外者のはずなのに、この場の視線は全部、伊理戸水斗に向いているのだ。

伊理戸水斗◆人生のメインストーリー

「ちょっとトイレ行ってくる」

しばらく会話を重ねながら食事をした後、結女が席を立った。

僕だけが、慶光院さんの正面に残される。

本来なら互いに気まずくなりそうなものなのに、慶光院さんにそういう気配は一切なかった。相変わらずすべてを見透かしたような笑みを浮かべながら、僕の顔を見据えている。

そして、

「きみは、結女のことを好いているみたいだね」

当たり前のように、そう言うのだ。

フォークを持つ手が一瞬固まり、それから、僕はテーブルの真ん中辺りを見ながら返す。

「……どうしてそう思うんですか？」

「余計な詮索をするつもりはなかったが……きみが相手だと、どうにも口の回りが良くなりすぎてしまうな」

慶光院さんは困ったように言って続ける。

「推理とも言えない、ただの憶測さ。『多感な高校生の男女が、いきなり仲良くできるなんて変だ』――『もしかすると、その仲の良さは演技なのではないか？』――『だとすると、二人は仲の良さをアピールする必要があるくらい、本当は仲が悪いのかもしれない』――『にも拘わらず、口裏合わせができる程度にはコミュニケーションできる関係性とは何か』――これ以上必要かい？」

「……いえ」

本当に、何もかも見透かしたような人だ。

一緒に住んでいる父さんや由仁さんでさえ、まだ気付いていないことを……こんな短い時間で、看破してしまうのか。

「その様子だと、今はもう、ずいぶんと関係が改善していると見るけれどね。もしかすると、よりを戻したのかな」

　僕は手に持った食器を、静かに皿に置く。

　たぶん、今日の本題が始まった。

「あなたは、いさなが僕の恋人だと認識しているんだと思ってましたが」

「最初に会ったときはそう思った。けど、先日会ったときに考えを改めた。きみが彼女を見るときの目は、女性を見るときのそれじゃない——才能を見るときのそれだ。……あるいは、こう言い換えようか。自分の人生の、主(あるじ)を見るときの目だ、と」

「…………………」

「水斗くん。きみと僕はよく似ている。同じ種類の人間だと言ってもいい。僕たちみたいな人間は、自分が主人公の物語なんか求めてはいない。主人公になりうる人間を見出(みいだ)し、その物語を限界まで面白いものにすること——それを一番に考えている。そのためなら、自分自身の人生はどうでもいい——自己犠牲でもなく、他者依存でもなく、ある意味で最高の、エゴイストだ」

「…………………」

「わかるだろう？　水斗くん——君はもう、東頭さんの才能を育てること以外のことは、どうでもよくなりつつあるんじゃないか？　そう——自分の感情でさえもね」

　結女のそばにいたい。

結女にそばにいてほしい。

僕にはそれ以外ありえない。君以外は隣に置けない。その気持ちに、変わりはない。

だけど、それ以外が変わってしまったんだ。

……いや違う。気付いていなかったんだ。いさなのあの絵を見る瞬間まで、自分という人間がどうしようもなく、自分自身を視界に入れていないということに、気付いていなかったんだ。

今はまだ、揺れている。

いさなのプロデュースは、まだ結果が出ていない。勝利の味を知っていない。

でも、もしそれを知ってしまったら。

もう戻れなくなる。

他のすべてが下位になる。

僕は本能で、それを知っている。

「……ここからは僕の自分語りになるが」

慶光院さんは皮肉げな口調で語り始めた。

僕の未来を、予言するかのように。

「結女が生まれたときのことは、よく覚えている――手放せない仕事があって、直接顔を見たのは出産から何日か経った後だった」

そのときの話は、以前に父さんから聞いていた。

由仁さんは、旦那さんが子供の顔を見に来てくれなくて、不安がっていて——

「僕より先に結婚した友人が何人かいてね、彼らは口を揃えて言ったものだ——『生まれた子供の顔を見たら、ここから先の人生は全部、この子のためにあるんだと感じてしまう』と。生物としてはそれが正しいと僕も思うし、自分もそうなるはずだろうと期待していた。僕は——妻の出産に立ち会うことすらできない甲斐性なしのくせに——自分が、普通に家庭を営める人間であることを、願っていた」

——その先は、知っている。

でなければ僕と結女は、恋人同士になることも、家族になることもなかった。

「まるで他人事だったよ」

慶光院さんは痛みに耐えるように目を細める。

「あのときばかりは、……反吐が出るほど、自分のことが嫌になったね」

いつも見透かしたように微笑んでいる慶光院さんの、それが初めて見せた、生の感情だった。

「およそ褒められたものじゃない自分の人格について、僕は否応なしに考えさせられた。水斗くん——人にはきっと、使命を感じる瞬間があるんだ。『自分の幸せの形はこれだ』と、確信を得る瞬間がね……。多くの人々にとっては、きっとそれが、子供が生まれた瞬間なんだろう」

使命。幸せの形。

シンプルな言葉が、僕の漠然とした感覚に輪郭を与えていく。

「しかし僕は、その瞬間がすでに終わってしまっていた。決まりきってしまっていたんだよ。ゲームで言うところの、メインストーリーがね。そのせいで子供ができるという出来事が、サブストーリーに追いやられてしまったんだ」

それは、どうにもならないことなんだろう。

心掛けでどうにかなる問題じゃない。そういう人間として、そういう人生として、確定してしまっていた。それを基準に発生する感情を、自分の意思では制御できない。

そりゃあ、誰だって。

子供が生まれたら、いい親になりたいはずだ。

思わないはずがない。願わないはずがないんだ。たとえ現実の自分が、どんなに酷(ひど)い親だったとしても。

情けない言い訳にしか聞こえなくても、それはどうしようもない、事実なんだ。

「自分がそういう人間だとわかってから、僕はできるだけ、家族に負担をかけまいと考えた。育児には専門家を雇い、食事一つ取っても由仁の手は煩わせまいとした……。しかしそれは、由仁が考える、由仁が求めていた家庭像とは、まったく食い違っていたんだ」

　慶光院さんは寂しげに自嘲する。

「僕と彼女では――幸せの形が、まったく異なっていた」

　慶光院さんの理想の未来は、仕事の先にあったのだろう。

　しかし、由仁さんの理想の未来は、家庭の中にあったのだ。

　ウチでの由仁さんを見ればわかる。由仁さんは仕事も忙しいのに、僕たちの弁当をよく作る。そういう、普通の母親っぽいことに、喜びを見出している面がある。母の日にプレゼントを贈ったときの感激っぷりだってそうだ。由仁さんはたぶん、家庭というものに対して憧れを抱いていたのだろう。

　慶光院さんは、その憧れに応えられなかったのだ。

「これ以上、彼女の人生を空費してはいけないと思った。僕は早くから決意していたが、言い出したのは由仁のほうだ。僕はすぐに離婚を受け入れたが、そんな僕を見て、由仁はそれまでで一番、悲しそうな顔をしたよ。……今でも罪悪感が拭えない」

　僕は結女と別れたときのことを思い出した。

　お互いに重荷を下ろしたような、ほっとした顔だった。だけど、心のどこかでは考えていたはずだ。自分がもう少しできた人間だったら、こんな結末にはならなかったんじゃないか、って。

「僕に父親を名乗る資格はない。それで結女の籍は、由仁のほうに入れることにした。そして僕は、粛々と養育費を払うことにしたのさ。それが、彼女たちを僕の不出来に巻き込んだ、せめてもの償い——お金で解決なんて無粋でみっともないが、僕にはそれくらいしか、責任の取り方がわからなかった……」

しばし瞑目(めいもく)してから、慶光院さんは真剣な目で僕を見据える。

それは、大人の目だった。

一人の人間が、一人の人間と対峙(たいじ)するときの目だった。

「こんなに赤裸々に白状したのは、人生で初めてだよ。……水斗くん。どうして僕が、こんな話をきみだけにするのか、わかるかい？」

わかる。

わかりすぎるほどに。

「きみが結女の隣に居続けようと思うなら、そこには責任が生じる。普通の高校生なら考えなくてもいい責任だ……。きみたちの特殊な環境は、きみたちの失敗を簡単に許してはくれない。きみたちの恋には、きみたちの家族の人生がかかっている。だから由仁のためにも、僕は心を鬼にして、きみに覚悟を問わなければならない」

わかりたくなかった。

気付かないままでいたかった。

「きみは結女を、由仁と同じ目に遭わせてしまうかもしれない」

だけど、東頭いさなの絵を見た瞬間に、すべては決定してしまった。

「水斗くん――きみは、自分の幸せの形がどういうものか、すでに気付いてしまっているのではないかな？」

伊理戸結女◆同じ未来を見ていない

「…………………」

私は……すべてを聞いていた。

トイレから帰ってきて、二人が話をしているのが聞こえて、咄嗟(とっさ)に気配を殺して。

全部……聞いてしまった。

思い出したのは、もう半年も前のこと――東頭さんが告白したときの、暁月さんの言葉。

水斗は、恋人なんて関係にはまったく拘泥していない――だから付き合うとしたら、本当に一緒に居たいと思った人だけ。

だけど、それはかつての私のことであって。

かつての彼のことであって。

彼はもう――誰かと一緒にいたいと思うことさえ、なくなるかもしれなくて。

選択肢を広く持つことを楽しめ、とお父さんは言った。

まるで、選択肢を広く持てない人間が——

すでに選んでいる人間が。

——他に、いるかのように。


「…………」

ああ、もうすでに証明済みだ。

彼だけが孤高を貫き、私は変わることを選んだ。

そのせいで喧嘩(けんか)して、別れたんじゃないか。

私たちの幸せの形が——理想の未来が——はっきりと、食い違っていることなんて。

とっくに、わかっていたことだ……。

伊理戸水斗◆運命の相手

「では、伊理戸さんによろしく言っておいてくれ。気を付けて帰るんだよ」

そう言って、慶光院さんは夜の街に消えていった。

しばらくその背中を見送った後、結女が言う。

「帰ろ」

「……ああ」

クリスマスムードの街を、同じ家に向かって、僕たちは歩く。

僕たちは、義理のきょうだいだ。

男女である前に、同じ屋根の下に住む家族だ。

だから、考えなしにはなれない。取り返しのつく子供ではいられない。

家族のことを考えて、将来のことを考えて、行動しなければならない。

ずっと、考えていたことだ。

ただ、答えが出ていなかっただけで。

「……ねえ」

少し後ろを歩く結女が、不意に言った。

「将来って、どうするか、考えてる？」

ちらりと振り返った。

何かを求めるように、結女は僕の顔を見上げていた。

「どうした、急に」

「さっきお父さんに、そんなこと訊かれたでしょ。だから、あなたも」

僕は横に目を逸らし、それから夜空を仰ぐ。

吐く息が、少しだけ白く凍っていた。

「わからない」

白い息が夜気に溶けていくのを見上げながら、僕は言った。

「正直さ、今やっていることが面白すぎて、未来のことなんかどうでもよく思えるんだ」

「……今やっていること？」

「いさなの才能を、育てること」

今まで躊躇っていたのが嘘みたいに、するすると白状する。

「あいつの才能は本物だ。まだちゃんとやり始めて二週間程度なのに、本当に見る見る上手くなってる。ネットでの評価も、徐々に広まりつつあってさ。それが嬉しくて、面白くて、仕方がないんだよ」

イラストSNSでの固定ファンが付きつつあるのを見て、すでにツイッターのアカウントを開設している。

フォロワー数はまだ微々たるものだが、毎日確かに増え続けていて、最初のイラストなんかもう『いいね』が100以上も付いている。

目に見えて表れる結果に、僕は確かな手応えと、興奮を感じていた。

「こんなに自分から、何かを『やりたい』と思ったのは、初めてなんだ」

ずっと、自分を探すかのように、本を読み続けてきた。

だけど、いくら誰かの人生を吸収しても、僕の中から湧き出てくるものはなかった。

そんな僕から、初めて湧いて出た願望。

東頭いさながどこまで行けるのか――それを知りたいと、僕の心は叫んでいる。

「だから――まだちゃんと決めてないけど――そのために役立つ道が他にあるなら、京大には行かないかもしれない」

僕は努めて、軽く言う。

「君の進路は京大だろう？　洛楼で、学年首席で、しかも生徒会役員までやってたら、ほとんど既定路線だよな。そのときはもしかすると、別の大学になるかもしれない――ようやく、ってところか」

皮肉を感じて、僕は笑った。

元々、結女と別の学校になるために受けた高校だった。それがお互いに同じことを考えていたせいで、こうなって。

今度は、別々のことを考えているから、当たり前に別の学校になる。

二年も先の、遠い未来の話だけど。

選択肢を広げる彼女と、選択肢を決め打ちしている僕とでは、同じ道は歩きえないんだ。

――ああ。

否応なく、腑に落ちる。

納得してしまっていた。得心してしまっていた。それも仕方がないと、理解してしまっている自分がいた。

その物分かりの良さが証明している。慶光院さんが言っていたことの正しさを。

僕の幸せの形は、もう決まっている。

僕はすでに、使命を帯びてしまっている。

僕には、結女のことが好きだという感情はあれど、彼女との家庭を成功させようというモチベーションはない。

もう少しだけこのままで。

自然と、そう願っていた理由がわかった。

これ以上進んだら、気付いてしまうからだ——僕では、結女を幸せにすることができない、ということに。

凍った息が溶けていく。

一緒に、子供の夢も消えていく。

神様が仕掛けたトラップに、僕たちは翻弄された。

けれど、ようやく今になって、はっきりした。

僕たちはお互いに、運命の相手じゃない。

「——やだ」

右手が摑まれた。

冷たく凍えた細い指が、ぎゅっと子供のように、僕の手を捕まえていた。

「やだ。そんなの……やだ」

幼い言葉だった。

だけど、確かな言葉だった。

結女は必死な顔で、僕の目を見つめていた。

「私と、一緒にいてくれないと……やだ」

「……君……」

それは、決定的な発言だった。

これまで冗談に包んで、思わせぶりに誤魔化してきたことに、決定的な意味を与える発言だった。

なのに、結女はふるふると首を横に振る。

「言わない。言ってあげない。今度は……あなたから、言わせてやらないと」

前も、君からだったから。

「だから」

僕の腕を全力で抱き締めて、凍った息を僕に流し込むように、間近から結女は告げた。

「絶対に……逃がさないから」

第三章　煩悩戦争

亜霜愛沙(あそうあいさ)◆覚悟はとっくに、できていた

作戦は成功した。

センパイに会うたび、徐々にパッドの数を少なくしていき、ついに本日、その数をゼロにすることができた。

ブラは寄せて上げて大きく見えるやつ使ってるけど。

とにかく、本日に至るまで、センパイがあたしの胸の大きさに違和感を覚えることはなかったのだ。

そして……その日のデートの終わり際。

ついに、運命の時がやってきた。

「……おれん家(ち)、寄ってくか？」

不器用で、ぶっきらぼうで、でも下心が見え見え。

人のことは言えはしない。あたしだって、下心で頭がいっぱいなんだから。

「……それじゃあ、お邪魔します」

入れてもらったセンパイの部屋は、意外なくらいに片付いていた。

まだ付き合う前、少しだけ覗いたことがあるけど、そのときはもっと散らかってたような気がする。……準備、してくれたんだろうな。

「何だか、ずいぶん片付いてませんか？　珍しいですね？」

「うっせ」

いつものようにからかって、いつものようにあしらわれて、いつものようにくすくす笑う。

いきなり雰囲気を出すのはがっついているみたいで恥ずかしかった。だから、あたしもセンパイも、普段通りの態度でいるように努めた。

本棚を見たり、机を眺めたり、部屋の中をうろうろして、それとなくベッドに腰掛けた後は、二人で一個のスマホを見て、同じ動画を見たりして。

そうするうちに、徐々に距離が近付いていって。

ベッドについた手に、センパイの大きな手が重なった。

「……あ」

ドクンと胸が大きく高鳴る。

あたしは爆発しそうな心臓の音を聞きながら、勇気を振り絞って、軽くセンパイの肩にもたれかかった。

すると、優しく肩を摑まれた。

応えるように顔を上げて、しばらく視線を絡ませて――

――探り合うようにゆっくりと、唇を重ねる。

「……んっ……」

初めてのキスは、付き合ってから初めてのデートで済ませていた。

パッド減らし作戦のことをすずりんたちと話す前のことだ。

いつもみたいにからかっていたら、口を塞ぐみたいに奪われた。唇が離れてもぼーっとしていたあたしに、センパイは『こういうの好きだろ、お前』と言って、恥ずかしそうに目を泳がせた。本当に、よくわかってらっしゃる。気障なことをしておいて恥ずかしくなっちゃう初々しいところも含めて、頭がどうにかなるくらい大好きになった。

このキスは、その次の段階。

お互いに触れ合うことを許して、認めて、受け入れる、……そういう、儀式……。

「……………」

「……………」

長いキスの終わりは、心の準備が終わった合図だった。

心臓の音だけが響く静寂の中、あたしは左右に目を泳がせてから、ガチガチに強張った手で何とか、ブラウスの一番上のボタンを外す。

それから手を下ろして、自分の身体を、センパイに委ねた。

センパイは意図を察してくれて、ゴツゴツした指でゆっくりと、ボタンを外していく。

ブラウスの前がはだけて、ブラジャーだけの上半身がセンパイの視線に触れると、脳味噌が泡立つように熱くなった。

一枚一枚、センパイの手によって、あたしを守る布が剝がされていく。それはどこか、神聖な作業のようにも思えた。あたしという存在と、センパイという存在を繋げる、象徴のような、作業……。

それは、ぷちりとブラのホックが外れる音で、クライマックスを迎えた。

ストラップが肩からズレて、二の腕を、肘を通り抜けていく。あたしは一度、大きめの深呼吸をすると、カップを押さえていた手を、震えながら下ろした。

ぱさりと、脱げたブラがベッドの上に落ちる。

センパイが少し目を見開いて、息を呑んだ。

あたしの一糸纏わぬ、何の誤魔化しもない姿が、センパイの目に触れていた。

「……あ、ぁの、センパイ……」

この期に及んで、往生際の悪い言い訳が、あたしの口を衝く。

「お……おっぱいって、ブラを外すと、ちょっと小さく見えるものなので、……その……」

「いや」

焦ったような否定を口から漏らして、センパイは、逃げるように目を逸らした。

「……綺麗だ、とか言うのも、なんかキショいかと思って……すまん」

──ああ、もう、この人は。

高身長で、女の一人や二人どうとも思ってなさそうなくせに、しっかり童貞なんだから。

どれだけ好きになっても、全然追いつかない。

「……センパイ？」

少しだけ余裕を取り戻して、あたしは悪戯っぽく笑った。

「次はセンパイの番ですよ？　万歳してください。ばんざーい！」

「ガキかよ……」

緊張からか、いつもより力のないツッコミをいなして、あたしはセンパイの服を脱がす。

部活で引き締まったセンパイの身体は、それはもう垂涎ものの、素晴らしいものだった。

硬いけど、押し返してくる弾力がある。どれだけ触っていても飽きそうになかった。

その後はもちろん、一枚だけ残ったトランクスに注意が向く。

あたしもまだ、ショーツだけを穿いた状態だった。

上目遣いで、アイコンタクトを交わす。

覚悟はもう、できている。

最後の一枚は、お互いに自分で脱いだ。あたしたちはベッドの上で、お互いの、他では決して見ることのできない恋人の姿を、何分も見つめ続けていた。

センパイ、裸だ。

あたしも裸だ。

……へへ。何これ。

頭の中が痺れるような興奮の嵐にも、時間が経ったら少しは慣れる。そうなると、この状況が何だか面白く思えてきた。

あたしは恐る恐るセンパイにくっついた。普段は触れ合わないところが触れ合って、くすぐったくて、温かい。それがますます嬉しくて、あたしはくすくす笑って、センパイにキスをする。センパイもあたしの身体を抱き締めて、あたしはセンパイの腕の中にすっぽりと収まった。

そうしてしばらく、子供がくすぐり合うみたいに、ベッドの上で戯れる。

やがて気付くとあたしは仰向けになっていて、センパイはあたしに覆い被さっていた。

センパイの瞳に、あたしだけが映る。

あたしの瞳にも、きっとセンパイしか映ってない。

「……その、……ありますか……？」

おずおずと訊くと、センパイは無言で肯いて、サイドテーブルに手を伸ばした。その引き出しから蓋の開いた、小さな箱を取り出す。

まだ大人じゃないあたしたちが、それでも繋がるための道具。

けど、一つだけ気になることがあった。

がさごそと小箱に指を突っ込むセンパイを見上げながら、あたしは思わず口にする。

「……開いてる……」

蓋が……。初めてなのに……。

「あ、……いや、これは」

焦った顔をした後、センパイは気まずそうに顔を俯ける。

「……練習で、一個だけ使ったんだよ」

あたしは口元を緩ませた。

「センパイ、かわい」

「しゃあねぇだろが……」

練習の甲斐あって、準備はスムーズに完了した。

ぎしり、とベッドのスプリングが軋む。

あたしの顔の横に手を置いて、センパイは強張った顔で言った。

「……いい、な?」

訊かれるまでもなかった。

「……はい」

センパイが上半身を起こす。

あたしは力を抜く。

覚悟はとっくに、できていた。


「――――みぎゃあああぁあぁああああああああああぁぁーっ!!」

けど、それはそれとして、痛いものは痛かった。

伊理戸結女◆報告は義務

期末テストが終わって、学校は補講期間に入った。ほとんどの生徒にとっては冬休みみたいなものだったけど、私たち生徒会には、まだ少しだけ年内に片付けておくべき仕事が残っている。

そうして、いつものように生徒会室に集まった私たちの元に、亜霜先輩が少し遅れて現れたのだ。

「おはよ、みんな」

最初は、『いつもよりちょっと大人しいな』と感じただけだった。

だけど徐々に、その表情や仕草から香る艶めいた雰囲気に、誰もが気付き始める。

私は明日葉院さんと顔を見合わせた。紅会長はイラついたように眉根を寄せて亜霜先輩を睨んでいた。羽場先輩は我関せずとばかりに粛々と作業をこなしていた。

そして亜霜先輩は、ひたすら意味ありげに沈黙を保っている。

「……少し休憩にしようか」

一時間ほどは、それぞれ黙々と仕事を片付けていた。けど、紅会長が休憩を宣言した瞬間、私は会長ともども立ち上がった。

それから、会長と一緒に、亜霜先輩の腕を摑む。

「えっ？　何？」

「ちょっと」

「集合」

引きずるようにして、亜霜先輩を生徒会室から連れ出す。その後ろを、明日葉院さんもおずおずと追いかけてきた。

女子トイレに入った私たちは、洗面台の前で亜霜先輩を取り囲む。

「言いたいならさっさと言いたまえ。星辺先輩と何があった？」

単刀直入に、会長が言った。

亜霜先輩は「え～？」と困ったようにはにかんで、髪先をちりちりともてあそぶ。

「べつに何でもないよぉ……。わざわざ報告するまでもないっていうか、恋人なら普通のことだし？」

「なっ……！」

「まさか……！」

その言い振りから、会長と私は即座に亜霜先輩の言わんとすることを察した。明日葉院さんもまた、無言でゆっくりと頬を赤く染める。

亜霜先輩は余裕めいた笑みを浮かべて、

「ほんと、大したことじゃないから！　……でもありがとね？　みんなに相談したおかげだよ～！　これからはあたしが、みんなのことを応援してあげるからね！」

「急に上から目線ですね！」

「女に嫌われる天才だなキミは！」

亜霜先輩は優越感を隠しもせずにやにや笑い、明日葉院さんは「あわわわ」と顔を真っ赤にして悶絶していた。

それにしても、こんなに早く？　付き合い始めてまだ一ヶ月も経ってないのに！　助走が長かった分、関係が進むのは速いと読んだ会長は正しかったらしい。

「そんなこと言っちゃって」

意味ありげに首を傾(かし)げて、亜霜先輩は言う。

「気になるんじゃないの？　……どんな感じだったか」

私と会長は、同時に息を呑んだ。

そりゃあ、気になる。気にならないはずがない。

でもまさか、ついこないだまで私より初心(うぶ)だった亜霜先輩に教えられるなんて——

「お願いしてくれたら話すんだけどなぁ～！　恥ずかしいけど、お願いするんなら仕方がないなぁ～！　お願いまでされちゃあなぁ～！」

——教えられるなんて……!!

「「……お願いします……」」

屈辱に耐えて、私と会長は頭を下げた。

亜霜先輩は「しっかたないなあ～！」と嬉しそうに話し出す。

「まあ、なんていうか、……一言で言うと、あったかかった、かな？」

「あったかい？」

「人肌の温(ぬく)もりっていうの？　それに全身が包まれて……。普段は触れ合わないところが触れ合って、触っちゃっていいの!?　みたいな特別感もあって……。興奮してるのに安心もするような、不思議な感じで……。えへ。ごめん、顔にやけちゃう」

亜霜先輩はとびっきり幸せそうににへにへと頬を緩ませる。さっきは思わずイラッとしちゃったけど、この顔を見ると素直におめでとうと思うことができた。

「それで？」

急かすように、会長が言う。

「最初は痛いって言うけど、キミは大丈夫だったのかい？」

「それはね～。――――……それ、は、ね～……」

……様子がおかしくなってきた。

急に目を泳がせ始めた亜霜先輩を見て、紅会長は目を細めて笑った。

「やあ愛沙。今まで散々相談に乗ってやった仲じゃないか。神戸で無事に先輩と付き合えたのは誰のおかげだと思ってる？」

「…………皆さんのおかげです…………」

「だったら、義務があるんじゃないかい？　正確な報告をする義務ってやつがさ」

「…………ううう…………」

亜霜先輩は泣き濡れるように顔を覆った。

それから、蚊の鳴くようなか細い声で白状する。

「…………痛すぎて、クソ汚い悲鳴あげちゃいました…………」

「「ああー……」」

明日葉院さんまでもが声を揃えて、『やらかしたんだコイツ』の空気を漂わせる。

亜霜先輩は涙目で顔を上げた。

「あんなん無理だよぉ！　みんなもこうなるから！　絶対！」

「誰を道連れにしようと、キミの初体験の思い出はもう決定したんだ。受け入れたまえ」

「ああ～……言わないでぇ～……！　夢が壊れる音がするぅ～……！」

現実はなかなか、ティーンズラブ漫画のようにはいかないらしい。

別に予定があるわけでもないのに、私も少し怖くなってきた。

「やれやれ。少し安心したよ。期待通りのポンコツで」

「生娘に言われたくないんですけど！」

紅会長はぴくっと顔を強張らせて口籠った。亜霜先輩、最強の反論ワード手に入れたな。

亜霜先輩は「うえ～ん！」と明日葉院さんに泣きつきながら、

「あたしだって健気に痛みに耐えたかったよぉ～！　でもホントに痛かったんだもん～！」

「それがどの程度かわかりませんが、出産となるともっと痛いと思いますよ、先輩」

明日葉院さんが容赦ない正論を言って、「うえ～ん！」が「びえ～ん！」に変わった。

さすがに哀れに思ったのか、紅会長が気遣わしげな顔をして肩を叩く。

「でも、良かったじゃないか。星辺先輩が紳士的で。キミが痛がってるのを見てやめてくれたんだろう？」

「……うん……」

「そうですよ」と私も続く。「どんな悲鳴をあげたのか知りませんけど、星辺先輩なら、そのくらいのことで嫌いになったりしませんよ」

「……うん……」

亜霜先輩は明日葉院さんの小柄な身体をぎゅっと抱き締めながら、その頭を撫でる。

そして言った。

「……その後、小一時間くらい抱き締めて、よしよししてしてくれたから……」

「「「…………………」」」

慰めムードが一瞬で霧散した。

「はい、解散」

「そろそろ仕事に戻りましょう、会長」

「先輩も早くしてください」

「え!? みんないきなり冷たくない!? なんでぇ～!?」

結局ノロケやないかい。

伊理戸結女◆サイン

とはいえ。

亜霜先輩には、少し訊いておきたいことがあった。

「……あの、先輩」

「ん～？　何？　ゆめち？」

余裕ぶった雰囲気を出さなくなった亜霜先輩に、帰り際、こっそり話しかけた。

辺りの廊下に誰もいないのを確認しつつ、私は潜めた声で言う。

「（先輩に、訊きたいことがありまして……）」

「ほほう？」

亜霜先輩は目を煌めかせて、私に声のボリュームを合わせる。

「（……エッチな話かな？）」

「（……一応）」

「言ってみたまえ！」

私は慌てて「しーっ！」と人差し指を立てた。

道端で話すことでもないので、私たちは廊下の奥まったところに移動する。

「……あの、ですね。先輩」

「うんうん。何？」

もじもじと口籠る私に、亜霜先輩はさっきとは打って変わって、面倒見のいい先輩の面を見せる。その優しい声音に後押しされて、私は勇気を込めて口にした。

「……どうやって……誘ったんですか？」

「え？」

「だから、その……星辺先輩と、そういうことをする流れに……どうやって持ち込んだのかな、と……」

「……ふう〜ん？」

亜霜先輩はすべてを察したかのように薄く笑った。

「あるんだ？　予定が」

「いやっ、そんなことはないんですけどっ……！　……相手を、そういう気にさせるには、どうすればいいのかな、って……」

「なるほどなるほど、なるほどね？　オーケーオーケー完全に理解した。ユニコーン的には複雑な気持ちだけど、可愛い後輩の頼みだしね！」

亜霜先輩は頼もしく胸を張り、

「って言ってもあたしは、センパイのほうから誘われちゃったんだけどね！」

「あー……」

「おいこら失望するな。正確には『誘わせた』だから！　『誘わせた』！」

亜霜先輩は不服そうに唇を尖らせる。

「センパイは付き合い始めてからだいぶ肉食系になったけど、それでもあたしのオーケーサインがなかったらもっと時間がかかってたはずだし！」

「お、オーケーサインって……？」

「まあそのときの状況にもよるけどー……あたしがやってたのは、誘い受け的なやつ」

「さそいうけ……？」

聞き慣れない単語に首を傾げると、亜霜先輩は「どう説明すればいいかなー」と唸る。

「一例になるけど、例えば一緒にこう、歩いてたとして」

「はい」

亜霜先輩は私の隣に並んでくる。

「そしたらさりげなく、手の甲を当てる」

先輩の手の甲が、私の手の甲にちょんっと当たった。

「これを何度か繰り返されたら、ゆめちならどう思う？」

「『手を繋ぎたいのかな？』って思いますね」

「そう！　これがサインの一種。自分から手を繋ぎに行くのとはちょっと違うでしょ？」

確かに……。気を持たせるというか、意図を伝えるというか。思えば付き合ってた頃、似たようなことはしたことがあったかもしれない。

「要するに、『触っていいよ？』って言外に伝えるわけ。今のは手だったから比較的健全だったけど、これがうなじとか、太腿とか、胸だったりしたら――」

「エロい……！」

「でしょでしょ？」

亜霜先輩は得意げに鼻を鳴らす。

「『触っていい』サインの他にも、『見てもいい』サインもあるよね。あからさまだけど、『あっつぅ～い』とか言って胸元を緩めたりとか」

「なんとなくわかってきました……！　女子として当然張っておくべき防壁を、あえて開放するってことですね！」

「そうそう。普段と差をつけるといいよ。いつもやってたらただのエロい女だし」

私は水斗と暮らし始めた直後の頃に起こったことを思い出した。

私がバスタオル姿で水斗を煽った、あのとき――思えばあのときが一番、私たちがラインを踏み越えそうな瞬間だったような気がする。

一方で、水斗がお風呂に入っているところに突入したときは、向こうも意固地になってしまったような気配があった。あれはやりすぎだったということか。

あくまでさりげなく、だけど明白にサインを出す。

それができれば――

「要するに、前に言った小悪魔ムーブと一緒よ！　好きな人にしかできないことをすべし！

ただし今度は顔色を誤魔化すな！　好意のオーラを全身から発散せよ！　わかった!?」

「はい！　……でも先輩、一つだけいいですか？」

「うん？」

「さりげないサインに気付かないような鈍感な相手だった場合は、どうするんですか？」

「それはー……」

亜霜先輩はアメリカンに両手を持ち上げ、肩を竦めた。

「服脱いで押し倒すしかないんじゃない？」

伊理戸水斗◆抑圧は飛躍の揺り籠

——絶対……逃がさないから
結女のあの宣言から、一日が経った。

あの目に宿った決意、あの声に滲んだ覚悟、すべてが鮮烈で、今も瞼の裏に焼き付いている。その反面、あれから家に帰った後も何もしてくる様子はなく、今日は午前から生徒会で学校に行ってしまって、僕は何だか宙ぶらりんの状態だった。

その状態で僕は、今日もいさなの部屋にいる。

「また描けたので見てください！」

そう言われて呼び出されたのだ。イラストを見るくらいスマホでもできるが、東頭としては間近で僕の反応を見るのが楽しいらしい。

「それにしても早いな。前の絵が描けてから、まだ二日くらいだろ？」

「へへー。テストが終わった解放感でつい……。三枚も描いちゃいました」

「三枚⁉」

一日に一枚半描いたってことか？　勢い余るにも程があるだろ。しかも全部カラーイラストだという。物理的に可能なのか、そんなこと。

とにかく僕は、散らかった床に胡座をかき、受け取ったタブレットを見た。

一枚目は、朝の支度をしている女の子の絵。髪を結びながらこちらを振り返っている。自分を参考資料にしているからか巨乳を描くことが多い東頭だが、この子は珍しく胸の大きさが大人しめだ。猫か何かの視点か？　かなりのローアングルで、ハーフパンツの裾から下着がチラ見えしていた。

二枚目は、着替え中のセーラー服の女子を捉えたイラスト。下はすでに体操服のハーフパンツに穿き替えていて、上はブラウスを首までずり上げた状態。細かく描き込まれた白いブラジャーが露わになっていた。

三枚目は、下着姿の女子がベッドでうつ伏せになり、スマホをいじっているイラスト。制服が床に脱ぎ散らかしてあることから、着替え途中でめんどくさくなったものと思われる。

ブラジャーもショーツも、やっぱり描き込みがすごい。ここだけ見たらプロ並だ。

「どうですかー？　みんな可愛いでしょー」

にこにこして訊いてくるいさなに、僕はこくりと肯いた。

「そうだな。君がテスト中、途轍もなくムラムラしていたのがよくわかる」

「はうあっ⁉」

なぜわかった、という様子で、いさなは顔を赤くした。

僕は半眼で彼女を見て、

「最初はパンチラに抑えてたのに、どんどん我慢が利かなくなっていっただろ」

「だ、だってぇ～……せっかく描いたのに服で隠すのが勿体なくて……」

いさなはキャラクターを描くとき、まず裸の状態で描いて、次に下着、それから服を着せる、という描き方をする。

これ自体はまったく不自然ではなく、むしろ基本的な人体の描き方だと言えるが、いさなの場合はたまに、公開しない全裸状態を異様に描き込んでいることがある。自分が女子だけあってリアルな上、僕に見せてニヤニヤしてくるので始末が悪い。

今回はどうにか下着状態で我慢できた、というわけらしい……。この絵もイラストアプリで開いて『下着』のレイヤーを消したら、モザイクも黒ノリもない違法イラストに早変わりするんだろうな……。

「……まあ、リビドーを作品にぶつけられるのは才能だ、って慶光院さんも言ってたしな。それに君、下着を描くのが急に上手くなってないか？」

「自分のやつとにらめっこして描きました！　細かい模様はペン先に登録したので、三枚目のときはすぐに描けましたよ～」

……自分のやつって。

僕は二枚目の、華やかな花柄のブラジャーを見る。

こういうの着けてるってことか？　今更だが、恥ずかしくないのかコイツ。

「個人的にはパンツのしわに注目してほしいですね！　三枚目のお尻のとこなんか、実際に同じ格好したのを頑張って写真に撮って――」

「あーあーもういいから！　下着描くのが上手くなったのはわかった！」

夢中になると羞恥心がどっかに行くこの感じ。思えばこいつは最初からクリエイター気質だったのかもしれない。

しかしまあ、同じ格好をしているいさなが目に浮かんでくるのを除けば、この三枚目の下着女子の絵には独特の味がある。

「この絵、下着姿の割にはエロくないな」

「えっ？　そうですか？」

「エロいエロくない以前に、生活感を感じるっていうか……。『美少女キャラ』っていうより『女子』のイラストって感じがする。生々しいというのか……」

「そりゃまあ、わたしが実際、こんな感じですからね、学校帰り。制服脱ぎ捨てて下着姿でゴロゴロしてます」

「自分がモデルかよ」

「わたしの場合は下着の上下の色が不揃いだったりしますけど。そこは揃ってるほうが嬉しいので揃えておきました！　でも揃ってないのもそれはそれでアリなんですよね～……悩ましいです……」

　自分をモデルにできるっていうのは、女性作家の大きなメリットだ。そう考えると、男オタクみたいなメンタルを持ちながら女子でもあるいさなは、美少女イラストを描くに当たっては最強の資質を備えていると言えるかもしれない。

「君ってさ、男はちゃんと描けるのか？　今のところ全部美少女のイラストだが」

「え？　描きませんよ？」

　描けませんじゃなく描きませんと来たか。

「あんまりイケメンがいっぱい出てくる作品にハマったことがないので……。もし描くとなったら、何かしら見本が必要ですねえ」

「見本って……」

　いさなはにやにやしながら僕を指差した。

「人体の構造をよく理解するには、ヌードデッサンが不可欠ですよねえ」

「やるかアホ！　大体、僕みたいな貧相な身体をモデルにしても仕方ないだろ」

「むしろ逆にいいんですよ。普通の高校生のはずの主人公の身体が、なぜかすごい細マッチョだったりするのを避けられます」

「いいだろ、別に細マッチョで……。ヒロインが理由なくスリムなのと同じだ」

「いいじゃないですか！　まだ〆切守ったご褒美もらってないんですから！」

くっ……そういえばあったな、そんな話……。

「いずれ結女さんに許可取りますから、そのときはお願いします！」

「なんで僕の身体の所有権があいつにあるみたいになってるんだ……」

「何なら結女さんにも立ち会ってもらいましょうか？　……あ、やっぱり無理かもですね。ヌードモデルって反応しちゃったらダメらしいので」

「反応ってなんだ。はっきり言ってみろエロ女」

「そりゃあもう……うぇへへ。見せてもらえるなら願ったり叶ったりですけどぉ……」

「きっしょ……」

性別が逆だったら、職を失うレベルのセクハラ発言だぞ。

大体、元カノと八ヶ月以上も同居している僕が、そんな簡単に失態を見せるはずないだろうが。ナメやがって。

伊理戸水斗◆アラート

夕方頃に家に帰ると、リビングの炬燵に、制服姿の結女がいた。

「おかえり」

「……ただいま」

当たり前みたいに挨拶しているけど、昨日のことはどういうつもりなんだ。

自分からは言わない、と結女は言った。その意図するところは明確だった。いつから？　思い返せば明らかだ。帰省先での、花火のとき——

なのに、何事もなかったかのようにぬくぬくと炬燵で暖まっている。今の結女がどういう心境でいるのか、まったく摑めなかった。

「なんで制服のままなんだ？」

探りを入れるように訊くと、結女は蜜柑を手に取りながら、

「部屋が寒くて。エアコンが効くまで……って思ってたら、抜け出せなくなっちゃった」

「優等生らしからぬ発言だな」

「私だって着替えるのがめんどくさくなることくらいあるわ」

着替えるのが、めんどくさく……。

さっき見た、下着姿の女の子のイラストを思い返してしまった。

「あなたも入る？」

そう言って、結女は自分の脚を覆っている布団をぴらりと持ち上げた。スカートから伸びる脚にいつも穿いているタイツはなく、白い太腿が垣間見える。探してみれば、タイツは後ろのソファーに、乱雑に脱ぎ捨てられていた。

「……いいよ」

いつもはきちんとしてるくせに、今日はいやに無防備だ……。

「僕は着替える必要ないし」

「部屋着の概念がないものね」

「いさなの家に行くのに何のコーデがいるんだよ。向こうは酷いときシャツ一枚だぞ」

「私も似たような格好してることはあるわよ。部屋の中では」

……嘘だろ？　こいつが、いさなと似たような格好……？

結女は意味ありげに、くすりと笑った。

「見に来る？」

「……行ったら行ったで怒るくせに」

やり返したつもりだったが、結女の笑みは崩れなかった。

「別にいいわよ？　あなたなら」

――これは罠だ。

何だかわからないが、絶対に罠だ。

「……炬燵で寝るなよ。前みたいに」

僕は戦略的撤退を選んだ。

リビングを出て階段を上り、自分の部屋に向かう。

なんなんだ、あいつの様子は。

物怖じを感じない。ブレーキを踏んでない。自意識をどこかに捨ててきたかのようだ。

これが、昨日言っていた『逃がさない』の意味か？

……いいや、落ち着け。どうせいつもと同じだ。こんなことはこの八ヶ月間、いくらでもあった――結局はただの誘惑ごっこ。あいつに僕を籠絡するような根性も技術もないってことは、誰よりも僕が一番知っている。

けど――なんで。

なんでこんなに、胸がざわつくんだ――

伊理戸水斗◆先制

夕飯を終えると、僕は部屋のパソコンでいさなのツイッターをチェックした。早速、三枚のうち一枚目――朝の支度をしている女の子――のイラストをアップしたんだが、今までより数字の伸びがいい。特に『いいね』の数が……もう100個を超えている。フォロワーも目に見えて増えていた。

エロは強いな、やっぱり……。いさなのモチベ的にも向いているのは確かだが、本格的にやろうと思ったら、年齢的にあと二年ほど待つ必要があるからな。

この調子だと、三枚目をアップした頃にはかなりフォロワーが増えているかもしれない。その増えた数字に対して、どうアプローチを仕掛けていくのか……。エモか、エロか。需要に応えるならエロなんだが、本人の性格に反して、いさなはエモーショナルなイラストが一番センスを出せる気もするんだよな――需要と資質。悩ましい問題だ……。

などと考えているとき、スマホに着信が入った。

誰だろう。いさなか？

手に取ってみると、あいつは今、風呂に入ってるはずじゃ……。

……ん？　結女だった。

「はい、もしもし」

『遅い』

声が響いていた。

なんで風呂の中からかけてるんだ、こいつ？

「何の用だ？」

『リンスが切れてて……。新しいの持ってきてくれない？』

「なんで僕に？　由仁さんがいるんだからそっちに頼めば――」

『いいから！』

そう言って、結女は一方的に通話を切った。

なんなんだ、一体……。わざわざかけ直して断るのも面倒だし、持っていってやるか。

僕は一階に降りると、脱衣所の棚の中から結女が使っているリンスを見つけ出した。あのクソ長い髪を手入れするのには大量に必要みたいで、とにかくたくさんあるもんだから、場所は以前から目に付いていた。

それを僕は、浴場の磨りガラスのドアの手前に置く。

「ここに置いとくぞー」

浴場の中にそう呼びかけ、さあさっさと退散しよう、と思ったそのときだった。

ガラリと、浴場のドアが開いた。

ほんの10センチほど。

そしてその隙間から、結女が顔を覗かせたのだ。

濡れた髪が、水滴の付いた肩に張り付いている。肩から下はドアの向こうに隠していて、磨りガラスに曲線的なシルエットだけを映していた。

思わず口を開けてしまった僕を見上げて、結女は言う。

「ありがと」

濡れた手を隙間から伸ばしてリンスのボトルを回収すると、ピシャリとドアは閉められた。結女のシルエットが遠ざかって輪郭が淡くなり、シャワーの水音が響き始める。

バクバクと心臓が鳴っていた。

あまりにも不意打ちで、ともすると、入浴中に突入されたときよりも、鼓動がうるさいかもしれなかった。

伊理戸水斗◆攻撃

『気を付けろォ――――ッ!!　これは敵のスタンド攻撃だァ――――ッ!!』

いさなから勧められたアニメで、男が切迫した表情で叫んでいる。

まさに、これは攻撃だった。

明白ではない。確定ではない。あくまでさりげなく、はっきりそれとはわからない形で、僕は攻撃を受けている。

まったくもって小賢（こざか）しい。

元カノが同じ屋根の下にいるという、この異常な環境で、僕がどんなに理性的に過ごしてきたと思ってるんだ。今更、思わせぶりなことを一つ二つされた程度で揺らぐ僕ではない。だから珍しく自主的にアニメなど見ているのは、決して小説の文章が頭に入ってこないからではないのだ。

僕は――結女を、幸せにはできない。

結女だけじゃない。根本的に、僕は恋愛に不向きなんじゃないかと思う。

中学生の頃はまだよかった。

程よく無分別で、程よく未成熟で、余計なことを考えずに恋愛感情に夢中になっていられた。

しかし、今の僕は、恋愛よりも遥かに面白いことを知ってしまっている。

そのために、他の自分の感情を簡単に捨ててしまえる人種である自覚が明確に存在する。

せめて、義理のきょうだいでなければ――高校生には荷が勝ちすぎる、将来のことなんか、考えずに済んだ。

だけど、現実に僕たちは家族だ。

好きだからといって、それをやめるつもりもない。

それはいずれ、僕たちの関係を父さんたちに明かすという意味でもあり、そしてそれがゆえに、僕たちは普通の高校生みたいに、簡単に別れることはできない。肌の合わなかった夫婦のように、離婚するという選択肢さえない。

僕たちの関係は、父さんや由仁さんのことも、否応なしに巻き込んでしまうから。

もう一度そうなるというのなら、覚悟が必要なんだ。

教会での誓いよりも強く、プロポーズよりもすべてを懸けた、一生を共にする覚悟が。

そう考えたら、……僕は、自分を信用できない。

伊理戸水斗に、伊理戸結女は任せられない――

「――起きてる？」

ドアがノックされて、物思いから浮上した。

とっくに次話になっていたアニメを止めて振り返る。

「起きてる……けど？」

「入っていい？」

「いや、夜は――」

「入るから」

結局、結女は勝手にドアを開けた。

今となっては見慣れた寝間着姿だ。夕方に言っていたいさなみたいな格好は、当然ながらしていなかった。

室内に入って、ぱたりと後ろ手にドアを閉める結女を、僕は椅子に座ったまま警戒の目で見やる。

「……夜は部屋を訪ねないってルールじゃなかったか？」

「大丈夫。お母さんには言ってきた」

ぺらりと、数枚の紙を僕に見せてくる。

「『水斗くんと期末の復習する』って。『家族に同級生がいるって便利ねー』って言ってた」

……呑気な……。

それだけ、僕への信頼が厚いってことなんだろうけど。

結女はにっこりと優等生スマイルを浮かべた。

「いいでしょ？　学年首席と復習できるんだから」

「はいはい。二位で悪かったな」

いさなに教えていたのもあって、今回は割と勉強できている気でいたが、僕はまたしても二位に甘んじた。

もはや首席を奪りに行こうという気概はあまりないが、たまにこうしてマウントを取られると少しムカつく。

「国語科目で間違えた問題があって。あなたって今回、国語系は満点だったんでしょ？ちょっと教えてよ」

「学年首席様が教えてくれるんじゃなかったのかよ……」

何かしら企(たくら)んでいそうではあったが、穏便に追い返せる大義名分が思い当たらなかった。

「仕方ないな」

「やった」

小さく言って、結女はひょいひょいと本の塔を避けて、ぼすっとビーズクッションにお尻を落とした。誕生日に僕がもらったアレだ。

それから、身体(からだ)をクッションの端に寄せ、空いたスペースをぽんぽんと叩(たた)く。

「ほら、早く」

「……僕も座れと？」

「あなたがテストの問題用紙をすぐ出せるんなら、そこから教えてくれてもいいけど？」

………確かに、もうどこに行ったかわからない。

「じゃあ後ろから見ればいいだろ」

とはいえ、今の結女はどんな攻撃をしてくるかわからない。

僕は椅子から立ち上がると、結女が埋もれるように座る大きなビーズクッションの後ろ側に回ろうとした。

だが、

「えい」

「うあっ？」

近寄った瞬間、手を強く引っ張られ、ビーズクッションの上に引き摺り込まれた。

かろうじて結女の上に倒れることは避けたが、空けられたスペースにすっぽりと収まる。

結女は僕を捕まえるように肩に手を回して、勝ち誇るように微笑んだ。

「ひ弱」

「……うるさいな」

逃がすつもりはないらしい。

僕は諦めて、引っ張られた腕を戻し、姿勢を正そうとした。

そのとき、本当に意図していなかったんだが、曲げた肘が結女の胸にふにりと柔らかにめり込んだ。

「…………！」

その感触に、僕は凍りつく。

こいつ……下着つけてなくないか……？

寝間着だからか？　いや、夜には夜用のブラがあるっていさなが言ってたぞ？　いさなじゃあるまいし、その辺りはしっかりしているタイプだと思ってたが……。

「ね、ここなんだけど……」

結女は僕の驚愕にも、肘が胸に触れたことにも気付いていないかのように、ぐっと肩を触れ合わせながら、テストの問題用紙を見せてくる。

僕は意思力を振り絞り、テストのほうに意識をフォーカスさせた。

「この現代語訳、どこが間違ってるの？」

「古文か……。ここはたぶん――」

我ながら、よくこうも頭と舌が回るものだと思った。

今も現在進行形で、視界の隅にチラつく膨らみが気になり続けているというのに。

今日の結女の寝間着は、襟ぐりが少し緩かった。そのせいで、僕の視点からだと、寝間着の中に隠された谷間がはっきりと覗けてしまう。

いさなが大きすぎるせいで目立たないが、結女も一般的には結構でかいほうなのだ。本当に付き合っていた頃とは比べ物にならない。第二次性徴の神秘だった。

水着を買いに行ったときに得た情報によると、確か胸のサイズはCかDカップで――いや、それだと少し小さかったんだっけか。とすると、D……いや、Eカップ……？

それが身体を傾けることで少し横に流れ、下着に締めつけられることもなくひとりでに深い谷間を作っているんだから、さしもの僕も気にならないわけがなかった。

――何なら結女さんにも立ち会ってもらいましょうか？　……あ、やっぱり無理かもですね。ヌードモデルって反応しちゃったらダメらしいので
しない。しないぞ。絶対にしない。

くそ……。これよりもさらにでかい奴と普段からつるんでいるのに、どうして結女って

だけでこんなに掻き乱(かみだ)されなきゃいけないんだ……。

「そういう訳になるんだ……。なんでそんな簡単に答えられるの？」

「古文なんて古いだけの日本語だろ。なんとなく読めないか？」

「読めないからテストになってるんだけど」

結女は半眼で見つめてくる。

「それじゃあ、次はそっちの番ね。どこ間違えた？　数学とか？」

「あー……確か、何度計算しても変な答えになった問題があったかな……」

「ふふっ。数学のテストあるあるね。分母がとんでもない数字になったり」

どれ？　と、結女は数学の問題用紙を見せてくる。

その際、身を寄せてきたせいで、また胸が腕に当たりそうになった。

それを避けるべく少しだけ身を反らし、これ、と該当の問題を指差す。

「あー、これはね――」

結女は寄せた身体を、元の位置に戻さなかった。

僕は身を反らしたまま、結女の説明を聞かざるを得なかった。

「――っていう感じ。わかった？」

吐息が首筋をくすぐる。

それに耐えながら、僕は何とか平静に返す。

「わかった……」

「ん。……お互い、数えるほどしか間違えてないから、あんまり復習するところないわね」

結女はようやく姿勢を元に戻し、ぺらぺらと問題用紙をめくっていく。

僕が胸を撫で下ろした、まさにその瞬間だった。

チラッと、結女が横目で僕の顔を窺った。

反射的に、マズい、と思った。

今までどうにかポーカーフェイスを保ってきたのに、今の一瞬だけ気を抜いた——その瞬間を、ものの見事に見られてしまった。

にやりと、結女の口角が上がる。

「それじゃあ、まあ——」

不意に。

結女が唇を、僕の耳に寄せる。

「(——今日は、このくらいにしといてあげる)」

息を吹きかけるような囁き声に、甘い痺れが脳髄を駆けた。

それを置き土産とするように、結女は「よっと」とクッションから立ち上がり、

「それじゃあ」

座った僕の目線に合わせて、中腰になる。

「おやすみっ♥」

それは、緩んだ襟の中を見せつけるようなポーズだった。

無防備に見えた胸元は、しかし鋭く尖った兵器でもあったのだ。

すたすたと軽やかに、結女は僕の部屋を去っていく。

この場には、ビーズクッションから立てないでいる僕と、彼女が座っていた温もりだけが残っていた。

――攻撃を受けている。

間違いなく、僕は攻撃を受けている。

伊理戸結女◆煩悩独占

「はああ～……」

ナイトブラを着けると、私は深々と溜め息をついた。

ばふっとベッドに倒れ込み、枕に顔を押し付ける。

……恥ずかしかったあ～～～～っ!!

ノーブラの寝間着で水斗の前に出ることさえ一大事なのに、あんなに密着して！　胸が当たるたびに顔から火が噴き出そうだった！　胸元は見せつつも全部は見えきらない角度を練習しておいてよかったあ〜っ!!

何よりも重畳だったのは、今が冬だったことだ。冬物の生地厚めの寝間着だったおかげで、ノーブラでも、その……トップのほうが、浮き出ずに済んだ。

さすがにそこまで見せるのは私の羞恥心が保たない。……あー、こんなことを考えてるから日和っちゃうんだろうなあ。東頭さんを応援していた頃、暁月さんが男口説くときは恥を忘れろ、みたいなことを言っていたような気が。

羞恥心の限界は、徐々に突破していこう。

恥は忘れる。

清楚な優等生は、水斗の前でだけ終了だ。私は一匹のメスとなる。目当てのオスを籠絡するまで、求愛行動をやめることはない。

効いてたはずだ。絶対に効いてたはずだ。

この調子で続ければ、あの澄まし顔から煩悩が溢れ出す。

もしかしたら今頃、私の胸元や感触や台詞を、何度も反芻しているのかも。

「……ふふ」

除夜の鐘まで、残り半月——消される前に、一〇八個全部私にしてやる。

伊理戸水斗◆お邪魔します

強靱な精神を手に入れなければならない。

　今度の結女は今までとは違う。じゃれ合いで留めておくためのブレーキを踏んでいない。

　そう感じた僕はその猛攻を凌ぐため、アマゾンの奥地へ――もとい、川波の家へと飛んだ。

　理由の一つは、今の結女と四六時中同じ家にいたら身が保たないため。

　もう一つは、自身の精神を強化するヒントを得るためだ。

　川波小暮は、僕の知る限り、一番僕と似た立場に置かれている人間だ。しかも女子と近い距離で暮らしている歴では、明らかにあいつのほうが長い――あいつの生活からなら、何かしらヒントを得られるんじゃないかと思ったのだ。

　そうして向かった川波家で僕が目撃したのは、想像を絶する光景だった。

「おっ？　伊理戸くんじゃーん」

　川波家の玄関で僕を出迎えたのは、南暁月だった。

　パーカーとハーフパンツのラフな格好の南さんを見て、僕は思わず部屋番号を確認した。

「……川波の家、だよな……？」

「そだよ？」

　きょとりと首を傾げる南さんの背後から、慌てた様子で川波が顔を出す。

「おい！　なに勝手に出てんだよ！」

「あんたがトイレ行ってたから代わりに出てあげたんじゃん。いつもと一緒でしょ？」

「伊理戸が来るから帰っとけって言ったよなあ⁉」

「あたしがどこで休日を過ごそうがあたしの勝手だし」

「勝手じゃねーんだよここは他人の家だ！」

慣れた様子で言い合いをする部屋着の二人は、まるで同棲しているカップルだった。

いや、まるで――というか、そのまんまだ。

知らないところで徐々に関係が改善している気配は感じていたが、しばらく見ない間にこれほどまでになっていたとは……。

「まあまあ、とりあえず上がってよ伊理戸くん。ちょうどお菓子切らしてるから何のお構いもできないけど」

「お前がばくばく食うからだろーが。太るぞ」

「残念！　あたしは基礎代謝が高いのだ！」

「……とりあえず、お邪魔します」

こんなにも心から言った『お邪魔します』は初めてかもしれなかった。

玄関からリビングに移動すると、南さんはテーブルに置いてあったゲーム機を手に取り、ごろんとソファーに寝転がった。まるっきり自分の家のくつろぎ方だ。というか、正真正銘自分の家にいる結女ですら、こんなくつろぎ方はしない。

「……もしかして、いつもここにいるのか？　南さんは」

「遊びに行ってねー休みの日はいつもこうだぜ。こいつ、自分の飯作んの面倒臭がってよ、いつもオレにたかりに来んだ」

「あたしも作ってあげてんじゃん。たまにだけどー」

「下手すりゃ帰るのめんどくせーとか言って泊まってくからな。隣同士で泊まりってなんだよ」

半同棲どころか九割同棲なわけだ。

しかも、お互いに両親が家を空けていることが多いとかで、実質二人暮らし。

僕は少し声を抑えて、川波に言う。

「（……気が休まらなくないか？）」

「（……休まるわけねーだろ）」

こそこそと話していると、南さんがゲームをしながら、

「川波ぃー。お茶くらい出したら？　冷蔵庫にまだ残ってるよー」

「言われなくてもわかってるっつの。……伊理戸、先に部屋行っといてくれ」

そう言い残してキッチンのほうに行く川波。僕は「わかった」と答えて、何度目かの川波の部屋に移動した。

パタン、と扉を閉めた、そのときだ。

僕が去ったリビングから声が聞こえてきた。

「……気が休まらないんだ？」

「は？　おまっ、聞こえて――」

「どんな風に？　どんな風に気が休まんないの？　こんな風に？」

「おい馬鹿っ、お茶溢れるって――！」

好奇心に駆られて少しだけドアに隙間を開けると、キッチンで南さんが川波の首にぶら下がるようにして抱きついているのが見えた。

……お邪魔してます。

僕は再び、心の底からそう思った。

伊理戸水斗◆男の子の抑え方

「最近、男と連んでると安心してるオレがいるんだよ」

コップに注いだお茶を飲み干して、川波はそう言った。

「他の奴に言ったらぜってー贅沢な悩みだってからかわれるんだろうけどよ、女子に絡まれてばっかってのも実際気疲れするぜ。あんたもそうだろ？」

「君は僕が結女に絡まれてるほうが嬉しいんじゃないのか？」

「ちっげーよ。東頭のほうだよ」

「ああ、そっちか……。最初はさすがに気になったけど、もうだいぶ慣れたよ」

「すげーな、あんた……。寺で修行でもしてきたのか？」

だったとしたら、今こんなに困ってはいなかっただろうな。

「実際、君の環境のほうが特別だろ。僕と結女には両親の目があるから一定の規律があるし、いさなにしたって、会うのは学校や天下の往来だ」

最近、頻繁に東頭家に出入りしていることは言わないでおこう。

「その点、君たちは家の中で、しかも親の目がないんだろう？　僕からすると、あんな状態で普通に日常生活を送れてるのが不思議に思えるよ」

付き合っていたなら、むしろ健全だったのだろうが。二人の発言から察する限り、どうやら付き合ってはいないようだ。

そうなると、むやみに刺激される本能を抑えつけなくてはならないわけで――

「……コツはな、こっちから手を出さねーことだ」

神妙な調子で、川波は言った。

「一度自分を許したらタガが外れる。そしたら向こうの思う壺だろ？」

「……実体験か？」

少し潜めた声で訊くと、川波は鼻をかいて誤魔化した。

どうやらあったらしい。タガが外れていた時期が。

僕はリビングに続く扉を眺めながら、

「君の場合、別によりを戻したっていいと思うけどな。南さんも反省してるんだろう？　昔にやったことは」

「そうだけどな、簡単じゃねーよ」

難しげに言ってから、川波は真剣な雰囲気でこっちを見る。

「知ってるか、伊理戸？　世の中には、別れて何ヶ月も経った元カノに、急に連絡を取ってくる男がいるらしいぜ。なんでだと思う？」

「新しい彼女と別れたとか？」

「そう。要は性欲100パーセントなんだよ。オレはそんな男にだけはなりたくないね」

「……まったくもって同感だ」

初めて付き合うときはシンプルだ。好きかどうかだけでいい。

でも、よりを戻すとなったら複雑だ。一度は別れると決断した自分たちに、どうケジメをつけるべきか考えなくてはならなくなる。

そうでなければ、ただつがいがいないと落ち着かないだけの猿になってしまう。

川波は不意ににやりと下世話な笑みを浮かべた。

「ま、そういう欲は健全に発散するに限るぜ。なあ？」

「……僕に言うなよ」

「あんたって苦手だよな、こういう話題」

「明け透けに話すほうがおかしいだろ」

川波は頬杖をついて、

「実際問題、付き合ってもない女子が家にいると、なかなか難しくねーか？　いろいろと」

「結女は別に詮索しないよ。南さんはヤバそうだが」

「やべーんだよ……。何回ＰＣのパスワードを突破されたか……」

ハッカーかよ。何者だ、南さん。

「そもそも、十八歳にもなってないくせに、なんでそういう画像を持ってるんだ？」

「年齢詐称はしてねーぜ？　ただ親切な奴が、ＬＩＮＥとかディスコとかで熱心な布教活動をしてるだけで」

したり顔で言う川波。男子高校生っていうのは、やっぱりそういうものなのか。自分も同じはずなのに、どうしてなのか縁遠い世界に感じる。僕の場合、熱心な布教活動をしてくるのが女子だからかな……。

「そういや、伊理戸とはしたことねーよなあ、そういう話」

川波は「よし」と言って、またにやりと笑った。

「いい機会だし、オレも布教活動してみっか！」

止める間もなく立ち上がり、川波はデスクのほうに向かった。その棚に置かれた辞書を取り出すと、ページの間から次々と、小さく折り畳んだ紙を抜き取ってくる。

「なんだそれ？」

「雑誌の切り抜き。の、コピー」

折り畳まれた紙をテーブルの上で広げる。それには、際どい水着を着たグラビアアイドルが大写しになっていた。

「スマホやＰＣに注意を向けておいて、あえて紙で保存しておく作戦だぜ。エロ本なんて時代遅れだって言われるが、ゲームでも何でも、メタってのは回っていくもんだからな」

「しょうもない攻防だな……」

「こいつは普通の漫画雑誌の切り抜きだから、まだ健全なほうだぜ。もっとすげーやつは、もっとわかりにくいところに隠してある」

そこまではさすがに教えてやれねーな、と川波は不敵な笑みを浮かべた。別にカッコ良くないぞ。

「それで？　あんたはどういうのが好みだ？　やっぱこの子とか？」

そう言って川波が見せてきたのは、長い黒髪のグラビアアイドルだった。白い水着で、胸を寄せたポーズをしている。

「伊理戸さんと同じ清楚系だろ？」

そう言って川波はにやにや笑うが、僕はちっとも興味が湧かなかった。

結女のほうが可愛い。

比べるべくもない。

「反応悪りぃな……。ま、そこらのグラドルよりも、東頭の奴のほうがやべー身体してるからな。このくらいの刺激じゃピクリともしねーってか？」

「別にいさなのこともそういう目では見てないよ」

「見上げたジェントルマンだが、性欲は飼い慣らすもんだぜ？　押さえつけるもんじゃねえ。無理に誤魔化し続けると、逆にやべー気がするけどな」

……別に、無理をしているつもりはないんだけどな。

「うーん……じゃ、二次元ならどうだ？　エロい異世界もの漫画とか――」

僕と下ネタ会話ができることが嬉しいのか、川波は嬉々として蔵書を開陳した。

次から次へと、絶妙に年齢制限をすり抜けたエロコンテンツをリコメンドしてきては反応を探ってくる。そのすべてに対し、僕は無反応を貫いた。そのせいか、川波のほうも徐々にエスカレートし、R15からR18の領域へと近づいていく。

「見ろ！　この裏垢女子を！　オレが見つけた中でも最強の美巨乳――」

「うわー、おっぱいでっか！」

エスカレートしすぎたのだろう。

僕もまた、無反応を貫くことに意地を張りすぎた。

だから二人とも、いつの間にか背後に迫っていた存在に、気付かなかった。

音もなく部屋に侵入していた南さんを見て、川波の顔がさあっと青くなった。

「み……みな……」

「今日は巨乳の気分なんだ？」

南さんはにこにこ笑顔でそう言って、すすっと素早く川波にしなだれかかる。

「別にいいけどね？　でも、前にあたしがあげた画像はどうしたの？」

「……あげた画像……？」

まさか、南さん自身の……？

「いっ、いかがわしいもんじゃねーぞ!?　いや、いかがわしいもんなんだが、こいつじゃねーから！　こいつじゃ！　おい誤解されること言うなよ！」

うひひ、と南さんは楽しげに笑った。なんだびっくりした……。

「伊理戸くん、結女ちゃんの代わりを探そうったって無駄だよ？」

南さんは捕まえるように川波の首に腕を巻きつけたまま、僕のほうを見る。

「だって、グラドルや漫画より、リアルの結女ちゃんのほうが可愛くてエッチだからね！」

……重々承知してるよ。

「据え膳食わぬは男の恥ってやつなんじゃない？　ね、川波？」

「地獄に満漢全席があったら警戒するんだよ、普通は！」

「んー？　地獄？　天国の間違いかなー？　あむあむ」

「んぎゃあああ!!」

耳の先端を甘噛みされて、川波は悶絶しながら横倒しになった。

南さんはその腹に跨ってマウントを取りつつ、

「ま、伊理戸くん。その顔色からして、結女ちゃんが何かやってるんだろうけど、真面目に受け止めてあげてよ。おふざけができる子じゃないって知ってるでしょ？」

知っている。だから厄介なのだ。

南さんは僕のほうに振り返り、迫力のある笑みを浮かべる。

「結女ちゃんを傷つけるようなことがあったら――あたし、許さないからね！　それだけ覚えといてっ！」

「……肝に銘じておくよ」

そう答えると、南さんはテーブル上の川波蔵書を掻き集め、「エロ画像最強ランキング作ってよー」と恐ろしいことを言い始めた。

……僕はそろそろお暇するか。本格的にお邪魔のようだし。

立ち上がって部屋のドアに向かい、ノブに手をかけたところで、僕は振り返った。

「忠告のお礼に言っておくけど、南さん」

「んー？」

「読解を間違えてるぞ。君が例えられたのは、地獄じゃなくて、満漢全席のほうだ」

言った瞬間、川波の顔が赤くなる。

「……へえー？」

南さんは口角を吊り上げて、川波の顔を見下ろした。

「あたしのこと……ご馳走に見えてるんだ？」

「いやっ、ちがっ、それは言葉のあや——」

「じゃあな、川波」

「おい伊理戸ぉ！　行くなあああああああっ!!」

お幸せに、と願いながら、僕は川波家を辞した。

伊理戸水斗◆ケダモノは雌伏しているに過ぎない

まだ日が落ちるには時間があったので、いさなの家に寄っていくことにした。

いさなは集中すると寝食を忘れるタイプだ。期末テストでは見事赤点を回避したので補講もなく、今頃は絵を描くのに没頭しているはず——もし家族の不在が嚙み合っていたら、昼食を摂るのを忘れているかもしれない。そのときは僕が用意してやる必要があった。

スマホで一報を入れると、『鍵開けとくので勝手に入ってくださいー』と返ってきた。

少々不用心だが、すぐ着くので大丈夫だろう。

もはや慣れ親しんだと言える東頭家の玄関を抜けると、廊下を歩いてすぐのところにあるいさなの部屋のドアをノックする。

「いさな。入るぞ」

前に事故が起こったので、一言そう告げてからドアを開ける。

いさなは予想通り、机に向かって背中を丸め、かぶりつくようにタブレットPCを覗き込んでいた。

一心不乱にペンを動かすその姿は、どこか神聖なようにも思えて触れがたい。だが、いさながひとりでに顔を上げるのを待っていたら日が暮れるので、僕は控えめに声をかける。

「昼食べたか？」

「んー、まだです」

やっぱりな。もう夕方だってのに。

リビングから音はしなかったので、凪虎さんもいないのだろう。キッチンを使う許可は以前に取ってあるから、何か簡単に作ってやろう。

と思って部屋を出ようとしたが、その前に気になったことがあった。

……いさなの髪が、若干べたついているような。

僕はいさなの背後にそっと近づくと、その髪を指先で小さく摘まんだ。これは……。

「君……風呂入ってるか？」

「んえ？」

いさなはパッと顔を上げると、思い出したかのようにぽりぽりと頭を掻いた。

「そういえば、昨日入らなかったんでした」

「……シャワー浴びてこい。その間にメシ作ってやるから」

「ええ～？」

不満そうに言った直後、くるるる、とお腹の鳴る音がした。

いさなは自分のお腹を見下ろして、

「……仕方ないですねえ。ちょっと休憩しますかあ～」

ぐぐっと背中を伸ばしてから、いさなはようやく立ち上がる。

二人で部屋を出て、風呂場に入るいさなを見送り、僕はリビングダイニングに入る。

キッチンの冷蔵庫を開けると、残り物らしきご飯がちょうど一人分入っていた。卵やネギもあるし、チャーハンでいいか。

フライパンに油を敷き、卵とネギに火を通したら、そこにご飯を入れて炒めていく。あとは醤油や塩コショウで味を調えるだけで完成だ。

「――水斗く～ん……」

簡単チャーハンを皿に移していると、風呂場のほうから鳴き声が聞こえてきた。

「水斗く～ん……ちょっと来てくださ～い……」

なんだなんだ、と行ってみると、風呂場の手前の洗面脱衣所の戸から、いさなが顔だけを覗かせていた。

「なんだ？　どうした？」

「着替え、持って入るの忘れちゃいました……」

……そういえば、完全に手ぶらで風呂に入っていったな、こいつ。

「普段は部屋で着替えるので、うっかり……」

ってことは、今こいつ、全裸なのか？　顔と肩くらいしか見えないが……。

この前の結女が思い出されて、僕はすぐに思考を打ち切る。

「わかったわかった。取ってくればいいんだな？」

「お願いします……」

申し訳なさそうないさなの顔からふと視線を上げると、僕はそこで固まった。

洗面脱衣所の奥には、洗面台がある。

洗面台があるからには、もちろん鏡がある。

その鏡に――全裸の女の、後ろ姿が映っていた。

シャワーを浴びたばかりでほんのりと赤らんだ、肉感的な背中と、お尻と、太腿（ふともも）と――

「水斗君？」

「……あ、ああ。すぐ取ってくる」

僕は慌てて視線を切り、いさなの部屋に向かう。

くそ。本当に脇が甘いな、こいつは。いずれちゃんと教育してやったほうがいい。

僕はいさなの部屋の箪笥から、適当な部屋着を見繕う。普段だったら下着まで用意してやったかもしれないが、今の気分ではどうにも危険な気がした。

小さく開けた洗面脱衣所のドアから着替えを受け渡すと、僕は先にリビングに移動した。皿に盛ったチャーハンをテーブルに運んだ頃、だぼっとした冬物のシャツとハーフパンツに身を包み、髪をしっとりと濡らしたいさなが廊下から現れる。

「おお〜、いい匂いがします」

テーブルに置いたチャーハンの前にぽふりと座ると、いさなは「いただきます」と言ってスプーンを手に取る。相当お腹が空いていたらしく、ガツガツとかなりのペースで食べ始めたので、僕は冷蔵庫に行って浄水ポットを持ってきた。コップに水を注いで置いてやると、いさなはごくごくと一気に飲み干す。

「どうだ、調子は」

僕はいさなの対面に座ると、頬杖をついてそう訊いた。

いさなは浄水ポットからさらに水を注ぎつつ、

「パソコンが欲しくなってきましたねー」

「パソコン？　なんでだ？」

「タブレットでも絵は描けるんですけどー、3Dとかを使うんなら、やっぱりスペックの高いパソコンがあったほうがいいらしいんですよ。それに画面がおっきいですし」

「画面か。確かにそれはでかそうだな……」

僕は父さんのお下がりノートPCを持っているが、その程度のスペックならタブレットと大して変わりはしないだろう。とはいえ、デスクトップ――それも高性能となると、高校生が買うには値が張りすぎる。

「バイト……はないな。絵を描く時間が減るし本末転倒だ。いずれはクリエイターサイトの有料プランで収入を得られるかもしれないが……」

「有料プラン！　甘美な響きです……」

「意外だな。お金に興味があったのか？」

「有料プランは現代の袋綴(ふくろと)じですよ！　課金というハードルを超えた者のみが見られる桃源郷……夢がいっぱいです……」

現代のも何も、古代の袋綴じを知らないだろ、こいつ。またインターネット老人たちの話に影響されてるな。

「やりましょうよ水斗君！　それであの全裸差分公開しましょう！」

「やるわけないだろ未成年」

「ぶーぶー」

いずれは視野に入れるかもしれないが、今はまだいさな自身の成長とファンを増やすことに集中すべきだ。マネタイズのことを考えるのはそれからでいい。

「３Ｄってどういう風に使うんだ？」

「基本的には背景ですね。３Ｄの素材をぽんぽんっと置いて、構図を考えたり、トレースしたり。人によってはキャラクターのアタリも３Ｄ人形で取るみたいです」

「なるほど……。３Ｄを使えば、デッサンが絶対に狂わないのか」

「最初から使ってると変な癖つきそうですけど、ある程度上手くなってからならいいかなーって。自撮りする必要もなくなりますし！」

「自分をポーズ人形代わりにしてるんだよな、君」

「描くキャラが思いつかないときは、自撮りを模写したりしてますよ」

「面白いな。現代の絵描きって感じだ」

「うぇへへ。わたし、ほとんど最初からデジタル派だったので……」

「どんな感じなんだ？　その模写って」

「えっ？」

いさなはなぜか驚いた顔をした。

「えっと、見せたほうがいいですか？　模写……」

「？　まあ、できるなら」

個人的な興味だが。

「うー……まあ、水斗君なら……」

作品として描いていないものを人に見せるのが恥ずかしいのだろうか。いさなは恥ずかしげにスマホを取り出した。タブレットとデータを共有しているんだろう。ぽちぽちとスマホを操作し、しばらく画面を見つめて、何やら顔を赤くし始める。

「──おっ、お皿っ！　お皿洗ってきますね！」

そして急に、空になったチャーハンのお皿を持ち、キッチンへと消えてしまった。

どうしたんだ？

僕は怪訝に思いながら、テーブル上に残されたスマホを見つめる。画面は暗くなっていて、何が表示されていたかはわからない。

と、そのとき──スマホが何かに反応した。

振動に反応したのか、あるいは何らかの誤作動なのか、それはわからない。今、確かなことは、いさなのスマホの画面が点灯し、直前まで表示していたものを復元したという事実だけだ。

「どうした？」

つまり。

ほとんどが肌色の、見覚えのあるスタイルの女体のイラストを。

顔はのっぺらぼうだった。だけど、そう、川波も言っていた。いさなのようなスタイルは、グラビアアイドルにだってそうそういないのだ。豊かなのに綺麗な球を描いた胸も、きっちりとくびれた腰も、蠱惑的に張ったお尻も——東頭いさなのそれであることは、誰よりも近い距離にいる僕だからわかる。

「————！」

だから僕は、即座に手を伸ばして、その画面を消した。

そして、ようやく思い出したのだ。

最初にいさながタブレットのイラストを見せてくれたとき、『変なとこを見ないでくれ』と言っていたことに。

「……まさか、自分の裸描いてるなんて思わないだろ……」

ヌードデッサンが有効なのはわかる。わかるが、別に保存しておかなくても——

一瞬で目に焼きついたデッサンを、さっき鏡越しに見てしまった本物のいさなの後ろ姿が補完していく。前面と背面、お互いに死角を埋めて、脳裏に3D人形が描画されていく。

いさなのことは、そういう目では見てない。

見てないが、見せられてしまったら、考えないでいるのは難しい。

もしかして、この小さなスマホの中には、模写ではなく本物の裸も——

「ありがとうございましたー。おいしかったですー」

「……ああ、うん」

僕はそれ以上、考えないようにした。

伊理戸水斗◆性欲

これは夢だと、すぐにわかった。

——……水斗君

ベッドの上に横たわっているのは、肌を晒したいさなだった。肉感的な身体を誘うように揺らし、表情はねだるようなそれ。血液が全身を異常な速さで巡り、正常な思考が奪われていく。

足を踏み出した僕は、まるで灯りに誘われる蛾のようだ。触れれば燃えるとわかっているのに、近付くことをやめられない。

差し出すようにツンと天井を向いた胸の膨らみに、そっと触れる。

——んっ……水斗……

すると、それは途端に結女になった。

指がずぶずぶと結女の身体に埋もれていく。その感触に、欲望の堰が切れた。僕は僕を受け入れてくれる柔らかな肉に溺れ、抱き締め、撫で回し、擦り合わせ、溶けていき――

――意識が欲望に呑まれて消える寸前に、目を覚ました。

ぼんやりと霞む、自分の部屋の天井。ぼーっとそれを見上げていると、じわじわとした不快感が胸の奥から込み上げてくる。

最低の気分だった。

自分が男として生まれたことを、恨みたくなるくらいに。

「……あ、起きてる？」

間が悪い。

そう毒づきたくなるようなタイミングで、その声は聞こえた。

「お母さんがお昼ご飯作るから起こしてきてー、って」

天井の手前に結女の顔が現れる。

やっぱり可愛いし、綺麗だし、いつまでも眺めていたい。これ以上に愛おしくなるものなんて、この世にはないかもしれない。なのに――

僕の目は、その顔の下にある、胸の膨らみに吸い寄せられていた。

「……わかった……」

僕は腕で目元を覆いながら、しわがれた声でようやく答える。

「寝起きで食べられる？」

何も知らずに訊いてくる結女に対して、僕は暴力的な気持ちに駆られた。

「わかったから……出ていってくれ」

荒っぽい言葉。

本当に、嫌になる。

僕はすべてを遮断するように、布団の中で丸まった。こうしている限り、僕の汚泥のごとき欲求のことは、誰にも知られることはない。

——性欲は飼い慣らすもんだぜ？　押さえつけるもんじゃねえ
川波の言葉が脳裏を過ぎった。

たぶんそれは、人が人らしくあるための条件なのだ。

伊理戸結女◆防御

終業式を目の前にして、今年の生徒会活動もついに今日が最後となった。

勇気を持って飛び込んでから約二ヶ月半。初めて尽くしで新鮮だった日々にようやく一区切りがついて、何だか感じ入るものがあった。

私、生徒会、ちゃんとできてるんだなあ……。

一年前は想像もしていなかった自分の状況に、ふわふわと夢見心地になってしまう。

あとは水斗を口説き落とせさえしたら完璧なんだけど――

「来たる十二月二十五日、クリスマス女子会を執り行う」

今年の生徒会の締め括りに、紅会長はそう宣言した。

「場所はぼくの家だ。各自、男との用事はイヴに済ませておくように！」

クリスマス・イヴ――十二月二十四日。

日本においては恋人たちの祭典でもある、その日。

クリスマスについての一番新しい思い出は、二年前――水斗が夜に、こっそり家に来てくれたときまで遡る。あんなに嬉しかったクリスマスは他にはない。その後に長く続いた、不仲期を乗り越えてすら、未だ燦然と光り輝いているくらいには。

だけど今年は、あのクリスマスを超えるのだ。

プレゼントも考えてある。今の私の気持ちを、ありったけに込めたもの。これで伝わらないなら、もうどうしようもないってくらいの。

私には、自らに課した誓約がある。

今年中に水斗を口説き落とす――できなければ、自分から告白する。

だけど、状況が変わっている気がした。もし今年中にケリをつけられなければ、水斗をもう、捕まえることはできないかもしれない。来年になってしまえば、彼はもう、別の方向を向いて戻ってこないかもしれない。

捕まえる。

絶対に……逃がさない。

――というわけで、今日も引き続き、ぐいぐい攻めていこう！

同じ家に暮らしていると不便もあるけれど、学校が休みでも接点に困らないのは間違いなく大きな利点だ。人目を憚(はばか)るアプローチだって、タイミングをちゃんと図ればいくらでもできる。今夜も気を抜かず、好意ダダ漏れで行くぞ……！

「ただいまー」

玄関で言っても、返事はなかった。リビングにも灯りはついていない。

お母さんも峰秋(みねあき)おじさんもまだ仕事をしている時間だけど、水斗も出かけているのだろうか。今月に入ってから、前より外出が増えているような気がする。

階段を上がると、水斗の部屋に向かってもう一度「ただいま」と言ってみた。するとドアの向こうから「おかえり」と声が返ってくる。

いた。

薄くドアを開けると、パソコンに向かって何か作業をしていた。……もしかすると、東頭さん関連のこと、かな。

私はいったん自分の部屋に戻ると、制服から部屋着に着替える。今日は無防備な感じを演出することにした。ゆったりとしたシャツにキュロットスカートを穿いて、部屋を出る。それから一階に降りると、お湯を沸かして紅茶を淹れた。ポットをお盆に載せて、水斗の部屋をノックする。

「お茶淹れたんだけど、飲まない？」

もちろん、これは大義名分だ。水斗の部屋に入ることが最大の目的。

「んー……」

という気のない返事をＯＫと見なして、私は突入に成功する。

水斗は振り返らなかった。ノートパソコンとにらめっこして、何か考え込んでいる。それを邪魔するつもりはなかった。変に絡みに行ってウザがられたら本末転倒だ。

私はパソコンの横にお盆を置くと、二人分のカップに紅茶を注ぐ。それから、自分のカップを手に取ると、ふーふーと冷ましながら移動して、ぽすっとベッドに腰掛けた。

ちびちびと熱い紅茶を飲みながら、水斗の後頭部を見つめる。

別に話しかけることもなければ、触りに行くこともない。ただ、ここにいることが、今日の私の目的だ。

ずばり、彼女ごっこ作戦。

ここにいるのが当然みたいな顔で居座っていたら、水斗もだんだん気になってくるはず。

一定のラインを保って同居生活を過ごしてきたのが、今になって効いてくる形だ。東頭さんくらいの距離感で過ごしていたら、この程度、何のアプローチにもならなかっただろう。

私はカップの紅茶を飲み終えると、一度ベッドから立ち上がって、それをお盆に戻す。

それから何気なく本棚を見渡して、そのうちの一冊を当たり前のように抜き取った。

その本を手に、ぽふんとベッドに寝転ぶ。

ゆったりとしたシャツとキュロットスカートを部屋着に選んだのもこのときのため。キュロットの裾から何かが覗(のぞ)けてしまいそうな無防備感がたまらないはず——だと、ネットに書いてあった。

私はごろごろしながら本を読む。

「……………………」

「……………………」

思えば私は、中学の頃からこういう関係に憧れていたのかもしれない。

四六時中抱き合ってイチャイチャするのもいいけど、こういう苦にならない、幸せな沈黙の時間も好きだった。水斗と東頭さんの関係に過敏になってしまうのも、あの二人がこういう風に時間を過ごすことが多いからだったのかも。

好きで好きでたまらない——そういう時間は、持続しない。

経験から知っている。人間は慣れる生き物だ。望外の幸福でさえ、時間が経てば慣れてしまって、その価値は風化する。

それでも続くものが欲しいのかもしれないと、なんとなくそう思った。ドキドキしなくなっても、ときめかなくなっても、それでも幸せだと思い続けられる関係が。

前の私たちには、できなかったこと——

そのために今は、水斗の鼓動を少しでも速めたい。

いつの間にか、膝を持ち上げていることに気が付いた。水斗は私のお尻側にいる。もし今振り返られたら、太腿をずり上がった裾から、お尻が少し見えてしまうかもしれない。

女子の嗜みとして、普通ならすぐに姿勢を正す。……だけど私は、あえて気付かなかったことにした。

見てくれていい。それで水斗を捕まえられるなら——いくらでも、見てほしい。

……ああ、エッチになったなあ、私。一体誰のせいだろう。

責任、取ってもらわないと——

「——なあ」

声をかけられて、私は少し顔を上げ、自分の胸越しに、振り返った水斗を見る。

「ポットとカップ、片付けるけど、もう飲まないよな?」

「あ、うん。大丈夫……」

水斗はお盆を持って部屋を出ていく。

パタン、と閉じたドアを見ながら、私は『あれ？』と首を傾げた。

全然、視線を感じなかった……。

水斗の様子も平然そのもので、お風呂場にリンスを持ってきてもらったときや、谷間が見える服で迫ったときとは大違い。

……刺激が足りなかった？　東頭さんといつも遊んでいる水斗には、もう『異性が部屋にいること』へのドキドキ感は残っていないのだろうか？

だったら……！　これならどうだ！

ガチャリ、とドアが開いて、水斗が戻ってくる。

そのときには、私はベッドの上で丸まって、眠ったふりをしていた。

薄く目を開けて、水斗の様子を確認する。水斗はちらりと私を見て、「人の部屋で寝るなよ」と呟いた。よし。作戦通り。あとは机に行って背中を向けてしまわないうちに——

「……んん……」

寝返りを打つふりをしながら、同時に——自分の手を、シャツの裾に差し入れる。

そうして、いかにも暖房が効きすぎているときの寝相みたいに、すすす、とシャツを持ち上げていった。

これなら……！　これなら刺激は充分！　意識せずにはいられないはず！

やりすぎるとはしたない。お腹を見せて、肋骨を見せて——ブラが見えるか見えないかのところで、留めておく。

どう!?　あなたのことが好きじゃない女子が、こんなに無防備なわけないでしょ!?

私は緊張から閉じ切ってしまっていた瞼を、再び薄く開ける。

さあ、どうだ。水斗はどんな顔で私の痴態を――

「…………………」

薄目の私が見たのは、水斗の背中だった。

私なんかには目もくれず、パソコンに向かっている水斗の後ろ姿だった。

「…………………」

なんで？

ついこの前までは、あんなに効いてそうだったのに――

その様子から思い出したのは、東頭さんの水斗攻略を応援しているときのことだった。

下着が見えてしまっていた東頭さんに、『パンツ見えてるぞ』と指摘したときの平然さ。

私を、女子として見るための、スイッチを切ってしまっているかのような――

――服脱いで押し倒すしかないんじゃない？

亜霜先輩の声が、脳裏にリフレインした。

伊理戸水斗◆切り札

性欲を飼い慣らすことに成功した。

より正確には、興奮している状態に適応したと言うべきか——劣情を催していても、それが視線などの行動に出ないように訓練をしたのだ。

主にネットの画像検索を使って、とにかく女体に目を慣らした。それで興奮しなくなるわけではなく、興奮している自分に慣れて、制御できるようにすることが目的だ。

気休めみたいな訓練だったが、自己暗示くらいにはなったらしい。結果、僕は結女がどんな誘惑をしてきても、それを視界から弾き出せるようになったのだ。

……結局、一番直接効いたのは、責任も取れないくせに結女に劣情を向ける自分に嫌悪した、あの瞬間だっただろうな。

副作用として、色気のあるイラストを見る目がだいぶ肥えた。

「もうちょっと湿度があったほうがいいんじゃないか？　このシチュエーションの場合。わかりやすく汗で湯気を立たせるとかさ」

「ほほう。濡れ透けだけでは不十分と申しますか。水斗君も鍛えられてきましたね」

いさなと会うときも雑念に惑わされることがない。

凪虎さんなんかは、無遠慮にいさなの部屋のゴミ箱を覗き込んでは、

「いい加減抱けよ。キショいなお前」

などと言ってきたりするが、プロデュース相手と男女の関係になるのは、一般的に考えて健全とは言えなかろう。

そうして結女の攻撃を凌ぎ切った僕は、ついにこの日——十二月二十四日を迎えたのだ。

「うわ……お母さん、何このケーキ？」

由仁さんが買ってきたケーキがテーブル上でお披露目されると、結女は物珍しそうに覗き込んだ。すると由仁さんはにんまりと意地悪な笑みを浮かべて、

「ちょっと大人なケーキよ」

「大人なケーキ？」

「お酒が入ってるの」

えっ、と結女は驚いて、その黄色いスポンジのケーキから少し距離を取る。

「大丈夫なの？　私たちが食べて……」

「大丈夫大丈夫！　法律的には問題なし！　アルコールもそんなに入ってないし！」

本当かぁ？　とスマホで調べてみたところ、日本の法律が定める『お酒』とは、あくまでアルコールの入った『飲料』だ、ということらしい。つまり食べ物であるケーキやチョコは含まれない。ちょっと裏技臭いな……。

「物は試しだよ。食べ過ぎないようにだけするといい。普通のケーキも買ってあるしね」

父さんもそう言うので、結女も「うーん、それならちょっとだけ……」と納得した。ま

あ、大学の飲み会とかで初アルコールになるよりは、保護者の監督の下で試しておいたほうがいいのは間違いない。

「それじゃあ、メリクリ〜！」

こうして、伊理戸家のクリスマス・イヴは穏やかに過ぎ去った。

途中、未だにいさなを僕の彼女だと思っている由仁さんが、「水斗くんは良かったの？　東頭さんを放っておいて〜」とからかい口調で言ってきたものの、そこはもはや慣れたものだ。「あいつには季節感というものがないので」と適当にいなしておいた。

ケーキと夕飯を食べ終わると、僕は一人、ダイニングテーブルから炬燵に移動し、テレビのクリスマス特番をＢＧＭに本を読む。

洋酒入りのケーキを食べたせいか、身体がぼんやりと温かく、気分も少し解放的だった。しばらくはこの心地良さに浸るのも悪くない。

結女はテーブルのほうで、父さんや由仁さんと何か話していた。優等生は家族と話すことが多くて何よりだな。

けど、少しすると、父さんが風呂の掃除に行き、由仁さんがキッチンで洗い物を始める。

一人残った結女は——

「どう？　気分は」

僕のほうに来て、炬燵に脚を入れた。

僕は少し警戒したが、由仁さんがキッチンにいるんだ、滅多なことはできまい。

「気分って？」

「お酒ケーキ。結構食べたでしょ？」

「大して変わらないな。少し暑く感じるくらいだ」

「そっか……」

何だか、妙に声がふにゃふにゃしてるな。

と思った矢先だった。

ころん、と結女が横に寝転んで、じゃれつく猫のように僕の太腿に頭を乗せてきた。

「んなっ、おい……！」

「んん～……ほんとだ、あったかい……」

炬燵が壁になって、キッチンの由仁さんからは、寝転んだ結女の姿は見えない。

だからって、あまりにも大胆な犯行だった。

普段の結女なら、いくらなんでもこんな危険は冒さない。一体――

「……へへへ……」

僕は、結女の顔が赤らんでいるのに気が付いた。

もしかして――酔ってる？　あの洋酒ケーキで？

さっきまでは、ハキハキと話してたくせに。僕の傍に来た途端、気が抜けたように――

「……おい。ここで寝るな。自分の部屋に行け」

「ん……ぃや。お風呂入る……」

「そうだな。風呂に入れ。それで目を覚ませ」

「……ね、水斗」

「ん？」

「お部屋行かない？」

甘えるような調子で放たれた一言に、僕は固まった。

「私……渡したいものが、あって……。クリスマス、プレゼント……お母さんたちの前では、渡せない、から……」

……クリスマスプレゼント。

僕の脳裏にはどうしても、二年前にもらった羽根のネックレスが浮かび上がる。

「……僕は、何も準備してないぞ」

「いいの。……私が、渡したいだけ」

ぎゅっと、縋るように、結女は僕のズボンを掴む。

「それくらい、……いいでしょ……？」

ダメだ、とは言えなかった。

それほどはっきりと拒絶するには、僕は彼女のことが好きすぎた。

「わかったよ。……でも、風呂に入って酔いを覚ましてからだ」

「うん……。そっか。そのほうがいいね……」

ちょうどそのとき、父さんが「お風呂掃除終わったよー」と戻ってきた。

結女がゆらりと起き上がり、「私、入ります」と宣言する。そしてそそくさとリビングを去り、準備を整えるために階段を上っていった。

「……ふう」

まさか、あの程度のアルコールで酔うなんて。遺伝的に弱いのか？　いやでも、由仁さんが酔い潰れてるところなんて見たことないよな。それに——

「…………………」

——そういうことか？

伊理戸水斗◆告白するには好きすぎる

結女は結局、家族全員が風呂に入って、父さんと由仁さんが寝室に引っ込んでから、僕の部屋を訪れた。

「……ありがと」

そう言って入ってくる寝間着姿の結女からは、さっきのようなふわふわした雰囲気は見て取れなかった。

「酔いは覚めたか？」

「うん。おかげでね」

「フリだろ、さっきの」

不意に放り込んだ言葉に、結女は一瞬だけ固まった。

「酒の強さは遺伝で決まるって言うだろ？　その点、由仁さんは田舎の酒盛りにも平気でついていってたし、慶光院さんもワインを飲んでたけど顔色一つ変えてなかった——その子供の君が、そこまで弱いはずないだろ」

もちろん確定ではなかったけど、今の反応ではっきりした。

結女は酔ったフリをしていたのだ——おそらくは、プレゼントの話を切り出すために。

「……デリカシーないわね。見逃しなさいよ。女の子の酔ったフリは」

「悪かったな。将来、詐欺に引っかからないように警戒してるんだ」

僕はベッドに腰掛けて、恨めしげな顔をした結女を見やる。

「それで？　そこまでして渡したかったプレゼントって？」

雰囲気は作ってやらない。僕はできるだけぶっきらぼうにそう訊いた。

結女は「うん……」と肯くと、すたすたと近づいてきて、ぼすんっ、と僕のすぐ隣に腰掛けた。

「おい……」

僕が距離を取ろうとすると、その前に結女の手に腕を掴まれる。

「ダメ。……逃げないで」

大きな瞳で、訴えかけるように僕を見つめて、

「これでも……すごく、勇気、出してるんだから」

雰囲気作りのステージでは、相手側に軍配が上がったらしい。

真剣な相手を茶化すような軽薄さは、口惜しくも僕には備わっていなかった。

結女はごそごそとポケットを探ると、手のひらに乗る程度の小さなギフトボックスを取り出した。

「これ……開けて」

僕はそれを受け取る。リボンで封をしてあるように見えるが、ただの模様らしい。開けるにはただ、蓋を取るだけでよかった。

僕は一度、乾いた喉を唾で潤した。この蓋を取ればその瞬間、決定的な何かが変わってしまう――根拠もない、そんな直感が、僕を緊張させていた。

ぐっと手を握り込んで、震えを止める。

もはや、是非もない。

僕は緊張した手で、ゆっくりとギフトボックスの蓋を取った。

「…………、あ……」

直感は、当たった。

ギフトボックスに入っていたのは、銀の、翼を模った意匠が施された——

——指輪だった。

「二年前——羽根の飾りが付いたネックレスをあげたの、覚えてる？」

指輪を見て固まる僕に、結女は言う。

「今年は、それを超えようと思って……翼にした。……それでね——」

ギッ、とベッドのスプリングが、小さく軋んだ。

「——実は、それ、ペアになるの」

結女の声には、決意が宿っていた。

「二つの翼が合わさって、初めて完成する……そういう、ペアリング」

——比翼の鳥、という言葉が脳裏を過ぎる。

一枚しか翼を持たない鳥が、雌雄一体となって初めて飛べるようになる——男女の深い結びつきを表す例え。

「もう片方は、買ってない。……あなたが買って、私にプレゼント、……してほしい」

……こんなの、ずるいじゃないか。

君は本当に、自分からは言わないつもりなんだな。

飽くまで僕に言わせるつもりなんだ。

僕に——決めさせるつもりなんだ。

なのに、言葉以外ではこんなに主張して。

僕は……僕は、こんなに苦しんでいるのに、……そんな風に、まっすぐに。

——ずるいよ。

僕だって、君みたいに、感情に素直に生きたかった。

「……、これは、……っ……」

からからに乾いた喉が、何度も詰まった。

これから口にする言葉を、堰(せき)き止めようとするみたいに。

「これは、…………受け取れない」

僕は静かに、ギフトボックスの蓋を閉じる。

「僕は……、……君の、翼には、……なれない……」

本当に、本当に悲しかった。

だけど、それが事実だった。

僕たちは知っている。誰よりも知っている。

告白なんて、崩壊の序章でしかないんだ。

どれだけ好きでも、そんな感情はいつか風化して、邪魔にさえ思うようになって、結局、自分のことばかりになって。

今度はそれが、父さんや由仁さんまで巻き込んでしまう。

そのことがどれだけ君を傷付けるか、僕は知っている。由仁さんのために苗字(みょうじ)を合わせた。元カレがいる家に引っ越しまでした。そこまでして守った家庭を、君自身が壊してしまうなんて、僕は——僕は絶対、見たくない。

いっそ、君のことなんかどうでもよければよかったんだ。

中学での出来事なんか存在しなくて、家族になってもろくに話さなくて、君のことを何にも知らずに、何にも想(おも)わずにいられたなら、きっと大したことは何も考えずに、自分の欲望に忠実でいられたんだ。

僕が、君に、この感情をぶつけるには、僕は君のことを、想いすぎている。

告白するには——好きすぎる。

だから——


「——やだ」


断ち切るような声が、耳元で響いた。

次の瞬間、僕の身体は突然の圧力に押し倒され、ベッドの上に押さえつけられた。

僕のお腹の上に、結女が跨っている。

鎖のように。

重石のように。

「絶対、逃がさないって……言ったでしょ」

結女は両膝で僕の両腕を固定し、上半身の自由を完全に奪った。

それから、寝間着の裾に手を掛ける。

「おっ……おい！　何してっ……！」

「うるさい。静かにしてよ……。お母さんたちに、聞こえる」

男女の差があるとはいえ、脚の力に腕で抵抗することはできなかった。

なす術もなく、僕は、結女が自分の手で勢いよく寝間着の裾を捲り上げるのを見た。

まるで突きつけるように、薄いピンク色のブラジャーに支えられた胸の膨らみが、僕の目の前で露わになる。白桃のような肌を飾り立てる、複雑なレースの模様。溢れんばかりに実ったそれが、呼吸に合わせて上下するのを、僕はただただ息を呑みながら、一心に見つめることしかできない。

結女はまだ止まらなかった。もう片方の手をズボンのゴムにかけ、ぐいっと引き下げる。ブラジャーと同じ色の、小さなリボンがあしらわれたショーツが、男とは明確に異なる股間を頼りなく覆っていた。

くらくらと、目眩（めまい）がする。

バスタオル姿を見たり、ブラ単体で見たことはあったりしても、結女の下着姿を目の当たりにするのは、これが初めてのことだった。それが偶然ではない、明確な意思をもって見せつけられているとなれば、目を慣らすのに使ったネット上の画像なんて、物の数には入らなかった。

「……見て」

結女の顔は、耳まで真っ赤に染まっている。

それでも彼女は、僕から目を逸（そ）らさない。

「中学のときより……育ったでしょ？　興奮……しない？」

捕まえるように、僕の肩に手を添えて、

「ううん、知ってる……。あなたはちゃんと、私に興奮してくれる。お風呂……入ったときに、見たし」

上半身を前に傾けて、長い髪で僕の顔を閉じ込めながら、

「だから……逃げられない。誤魔化せない。どんなに気のないフリをしたって……私だけは、騙（だま）されない」

そっと、僕の頬（ほお）を、慈しむように撫（な）でる。

「それとも……ブラも、取ったほうが、いい？」

答えを待たず、結女のもう片方の手が背中に回った。

そのとき、僕はようやく膝に挟まれた右手を引き抜いた。

背中側のホックを外そうとした結女の手を、摑む。

「……やめて、くれ……」

そして、絞り出すように言った。

「どうして……？」

「僕は……僕は、嫌なんだよ……！　君をそんな、欲望の対象としてだけ見るのは……！」

「…………っ」

結女の目が、かすかに見開かれた。

「なんでわかってくれない……!?　僕はこんなに……こんなにずっと、考えてるのに……！　なんで君はそんなに、考えなしなんだよっ……!!」

今すぐに抱き締めたい。

そのくびれた腰を、白い肩を、力いっぱい抱き締めたい。

だけどそんな欲望は、未来には何も繫がらない。

「君も少しは考えてくれよ……っ！　いつまで夢見がちなままなんだ！　中学の頃、あんな痛い目に遭っておいて、どうしてまだそんなに無邪気でいられる……!?」

ずるい。

ずるいよ。

なんで君だけ、目の前の恋のことだけ考えていられるんだ。

「僕の頭はずっとぐちゃぐちゃなんだっ……！　何が正しいか知りたいのに、ちっとも見つかる気配がない！　こんなことなら――」

こんなことなら。

「――家族になんて、ならなければよかった」

そうだ。

全部、そのせいだ。

中学卒業のあの日、潔くすべて終わっておけば、こんなことにはならなかった。

僕はきっと、いさなの告白に応えていて、今頃はあいつのイラストを拡散することだけを考えていた。変に欲望を溜め込むことなく、適度に発散しながら、当たり前の高校生のように、今やりたいことだけを突き詰めることができたんだ。

家庭なんて、人生なんて、背負わせるなよ。

僕はただの高校生だ。ただの十六歳だ。たまたま環境が特殊だっただけだ。

こんなの――僕には、重すぎる……。

「………、ごめん……」

小さく、結女が呟いた。

そのときに、僕は気がついた。

言うべきではないことを言ってしまったことに。

「………ごめん……。私、何も考えて、なくて……。ただ、水斗が……水斗が、どこかに行っちゃうのが、嫌で………」

違う。

違う、違う、違う。

泣かせたかったわけじゃ――ない。

「……ごめん……」

結女は僕の上から退き、半脱ぎの寝間着を直した。

「……本当に、……ごめんなさい……」

そして結女は、小走りに部屋を去る。

僕は、一歩も動けない。

電灯が晴れがましく照らす天井を、ただ呆然と見つめた。

――ああ。

――ああ……。

――……ああ……！

「――――ッ!!」

全力で、ベッドを殴りつけた。

何がどうなることも、なかった。

第四章　古き日々のおしまい

星辺遠導◆覚悟と、勇気と

今まで、クリスマスってのは完全な他人事だった。

まあ縁のない宗教の、縁のない偉人の誕生日なんだから、他人事で当たり前っちゃあ当たり前なんだろうが——おれにとっては、恋人のいる連中が色めき立ち、いない連中が妙に騒ぎ始める、それだけの奇妙な日付だった。

まさかそのクリスマスに、こうして恋人と一緒に街を歩くことになるなんざ、一ヶ月前までは夢にも思わなかった。

変わるもんだ、物の見方ってのは。去年までは他人事だったのに、今年はまるで自分たちのためにあるかのように感じられる。

「はあ〜……もう真っ暗ですね」

夜空を仰いで、愛沙は言う。

もう真冬と言ってもいい時期だ。きっと何時間も前に夜は来てたんだろうが、イルミネーションを見たり飯を食ったりしてる間は、空を見る間もありはしなかった。

そのくらい、目を惹きつける奴だ。亜霜愛沙という女は。

だけど、そんな時間も今日はここまで。遅くなりすぎないうちに家まで送ってやろう。

そう考えながらも、おれは何も言わずにいた。

名残惜しいのか？　殊勝だな。この図体には似合わねぇ。

寂しがってみせたところで、もう特にやることはない。クリスマスらしいことは一通りした。あと残ってるとしたら――

「……ねえ、センパイ」

愛沙が繋いだ手を、くいっと少し引いた。

「行ってみたいところが……あるんですけど」

今からか？

そんな質問を用意しながら横を見ると、そこにはマフラーで口元を隠して、顔を赤く染めた女がいた。

その表情に、意図のすべてが籠っている。

覚悟と、勇気と――

「――リベンジ……させて、もらえませんか？」

伊理戸結女◆クリスマス女子会

紅会長の家は、想像通り、テレビで紹介されているような豪邸だった。

三階建てで、ガレージには三台分のスペースがあって、そして、

「親の家だからね。ぼくが褒められるようなことではないが……幸い、リビングは広いよ」

リビングはもう、何畳あるんだかわからなかった。

ずっとマンション住まいだった私は、伊理戸家に引っ越してきたときにもちょっとしたカルチャーショックを受けたものだ。だけどこれは、もう桁違いだった。区分的にはLDKということになるんだろうけど、LもDもKも、伊理戸家の二倍くらいある——たぶん、二〇人くらいでホームパーティをしても余裕のある広さだった。

道理で言われるわけだ——友達を連れてきてもいいよ、と。

「あっはははっ！　広すぎて草ぁ！」

「アメリカだよ……。こんなんアメリカだよ！」

「アメリカの見方どうなっとるん？」

暁月さんがはしゃぎ、麻希さんが愕然とし、奈須華さんが突っ込む。

クリスマスまで生徒会優先というのも忍びなかったので、いつもの友達を呼んだのだ。

三人も呼んじゃって大丈夫かなと思ってたんだけど、まったくの杞憂だった。

麻希さんの言う通り、アメリカの家みたいな広いリビングには、紅会長や亜霜先輩の友達と思しき女性たちもいた。亜霜先輩にも同性の友達がいたんだ、という事実も衝撃だけど、もっとすごいのは紅会長の友達の多さだ。六人？　七人？　八人？　同じ高校生もいれば大学生らしき大人の人もいて、中には外国人っぽい女性も混じっていた。

そんな中、所在なさげにしている小柄な女の子が一人。

「明日葉院さん、こんばんは」

「あっ、伊理戸さん……こんばんは」

明日葉院さんは私を見て、少しだけほっとした顔をした。

招待した友人に挨拶して回る会長に構ってもらうのは忍びないし、かといって他に顔見知りもいないから、きっと心細かったはずだ。

その点、私たちは学年も一緒だし、暁月さんとはもう顔を合わせているはずだから、幾分か馴染みやすいんじゃないかな。

「亜霜先輩は？　姿が見えないけど……」

「寝坊だそうです。ギリギリ間に合うかどうかだと」

「寝坊って……」

もう夕方なのに。何時に寝たんだろ。

「あ、紹介するね、明日葉院さん。こっちは――」

私は明日葉院さんを麻希さんと奈須華さんに紹介した。麻希さんは明日葉院さんの胸を見て、「伊理戸さんには巨乳を引き寄せる因子でも宿っとるんか？」なんて言ったけど、二人とも人当たりのいいタイプだから、ちょっと気難しい面もある明日葉院さんとも仲良くしていけるだろう。

明日葉院さんを含めた談笑が軌道に乗ったところで、不意にずしんと胸が重くなった。

――君も少しは考えてくれよ……っ！

あんな風に。

あんな風に、弱々しい怒り方をする水斗は、初めてだった。

私にとって彼は、ずっと理想的な彼氏で、不倶戴天の宿敵で、頼り甲斐のある家族で。

あんな風に、子供のように喚くところなんて、見たこともなかった。

そのくらい……悩んでたんだ。

得意のポーカーフェイスが剝がれるくらい。いつもの余裕を保てないくらい。

私は……何も考えず。

中学生みたいに、周りの恋愛に憧れて、夢見た関係に浮かされて……。

水斗の言う通り――私たちが家族でさえなければ、それでよかったんだ。

それが普通の、高校生の恋愛なんだ。

私はその現実を、無意識に見ないようにしていたのかもしれない。
だけど、心のどこかでは気付いていたんだ。
でなければ――

――もう少しだけ、このままで

――あんなことを、考えるはずがない。
無駄な先延ばし。
卑怯なモラトリアム。
そうだとわかった上で、私はこのモラトリアムを永遠にする方法を考えなかった。
水斗に――考えてもらおうとした。
先延ばしより、後回しより、……それが一番、卑怯なことだったのに。
「――あ〜！　遅れてごめ〜ん！」
そろそろ乾杯をしようかというところで、亜霜先輩がようやく姿を現した。
でも、どうしたんだろう。声が……。
私は亜霜先輩に近付いて声をかける。
「先輩、どうしたんですか？　声ガラガラですけど……」

「あ〜、ゆめち……。これはね、まあ、気にしないで……。ちょっとはしゃぎ過ぎただけだから……」

夜通しカラオケでもしてたのかな？

続いて紅会長が友人軍団の中から出てきて、

「やあ愛沙。ついさっきまで眠りこけてたらしいじゃないか。寝正月ならぬ寝クリスマスとは新しい」

「昨夜、あんまり眠れなくてさ〜……。二度寝したらこんな時間に……」

「――ほほう？」

いつの間にか私の後ろにいた暁月さんが、下世話な笑みを浮かべて目を輝かせた。

「あんまり？　眠れなかったと？　クリスマス・イヴの夜に？　ほほうほうほう……」

――え。

まさか。

私と紅会長は、一斉に亜霜先輩を見た。

「なっ、何？　もう……」

亜霜先輩は押されたように一歩引く。その際、先輩がブラウスの襟を押さえて、それとなく首を隠すような仕草をしたのを、私も会長も見逃さなかった。

会長がすうっと薄く笑う。

「昨夜はお楽しみだったみたいだね？」

「……えひ。まあね」

観念したように、亜霜先輩は照れ混じりにはにかんだ。

そして、

「大変だったよ～！　まさかクリスマスのラブホがあんなに混んでるなんてね！　でもホント楽しかったなあ、普通のホテルにはないものがいろいろあって！　みんなも一回は行ってみたほうがいいよ～！」

怒涛のマウンティングを開始した。

会長が額を小突いて止め、私は曖昧に笑って誤魔化す。大人の階段を上ったからって、亜霜先輩は変わらないらしい。

でも、そうかあ、昨夜……。

私が、水斗に下着姿を見せつけている頃に、先輩は、星辺先輩と、声が嗄れるまで……。

……うわ～。うわあ～！

得も言われぬ恥ずかしさと、得も言われぬ悔しさが同時に襲ってきて、頭の中がわーっとなった。その後、反動のように――亜霜先輩はこんなに順調なのに、どうして私は上手くいかないんだろう――と、気持ちがずーんと沈み込む。

「……ゆめち？　ゆめち？」

気付くと、亜霜先輩の可愛らしい顔に目の前から覗き込まれていて、私は慌てて仰け反った。

「どしたの？　なんか浮かない顔してるけど」

「……えっ、と……」

私が答えられないでいると、亜霜先輩はすぐに、何かを察したようだった。

すすっと私の傍に寄って、小さな声で囁く。

「（もしかして、前に言ったアレ……失敗した？）」

「（……はい）」

躊躇いがちに肯くと、亜霜先輩は「そっかあ……」と息をつくように言って、

「（まあ大丈夫大丈夫！）」

ぎゅっと私の肩を抱き寄せながら、明るい声で言った。

「（誘惑の一個や二個失敗したって何も終わりやしないって！　ほら見なよ、そこの天才少女を！　あいつが何回ジョー君に据え膳拒否られてると思う？）」

……………………。

「（確かに……）」

「（でしょでしょー？）」

「……何だか不愉快な会話が聞こえた気がするんだが」

別の友人と話していた会長が、眉根を寄せながら振り向いた。

やべっ、と亜霜先輩が呟いて、何でもないない、と誤魔化す。

「(あたしだって一年以上なしのつぶてだったし！　そこから大逆転して、昨日……昨日
……うぇへへ……)」

東頭さんを思わせるオタク笑いが、亜霜先輩から漏れた。

私は弱く微笑んで、

「(すごく楽しかったんですね、昨日)」

「(……うん。……すごかった……♥)」

目がハートになっているように見えた。

亜霜先輩は今、星辺先輩のことしか考えられなくなってるんだろうなあ。

「(——ハッ！　……まあとにかく、気にしちゃダメだよ！　怯まずアタックし続けたら、
そのうちその気になってくれるって！)」

「(……でも、…………)」

その気には、たぶんもう、なってくれているのだ。

だけど、今の私たちには、その気を実行に移すに値する資格がない。

覚悟が——できていない。

「(……うーん。まあ、何が問題なのかはわかんないけど)」

亜霜先輩は元気づけるように、私の肩にぐっと力を込めた。

「(ちゃんと話し合ってさ、相手のことをよく知ってみたら、結構何とかなるもんだよ。……神戸のときは、あたしにそうしろって言ってくれたでしょ?)」

「(……あ……)」

そうだ。

私は思ったはずだ。あのとき、フラれて泣いている先輩を見て。

本気には、本気で返すべきだ、と。

そして、亜霜先輩は本気で星辺先輩に向き合った。

星辺先輩は、その本気に本気で応えた。

その姿に勇気づけられて、今、私はこうしているんじゃなかったか。

――だったら、私も。

水斗が本気で考えていることに、本気で向き合うべきなんじゃないのか――

「――さて。そろそろ乾杯と行こうか!」

紅会長がノンアルコールのスパークリングワインを手に持って言った。

「それでは、聖なる夜と、女になった亜霜愛沙を祝ってー!」

「「かんぱーいっ!!」」

「ちょっ、恥ずっ! 恥ずいってぇすずりんっ!!」

たぶん、私がなるべきなのは、女ではない。

伊理戸水斗と誰よりも向き合った、一人の人間だ。

伊理戸水斗◆ゲームに勝つ方法

「よお、伊理戸ぉ。生きてるか～？」

床に突っ伏している僕に、帰ってきた川波が適当な調子で声をかけてきた。

僕がかろうじて手を持ち上げると、川波はガサゴソとテーブルの上でビニール袋を漁り始める。

「適当に食いもん買ってきたぜ。唐揚げ弁当と麻婆丼ならどっちがいい？」

「……麻婆丼……」

「意外と辛党なんだな」

ほらよ、と加熱された麻婆丼が、僕の傍に置かれる。

僕はゆっくりと起き上がると、麻婆が入った皿を丼から取り外し、豆腐混じりの赤い液体を白いご飯の上に慎重にかけた。

対面では、川波が弁当のビニールを取り、割り箸を割っているところだった。

「たまにゃあ悪くねーだろ。コンビニ飯のクリスマスってのもよ。あんたが泊まりたい、なんて言ってきたときは何事かと思ったが……」

ここは、川波の家の、川波の部屋である。

僕は今日、浅い眠りから目を覚ますなり、川波に連絡を取って、逃げるように川波家に入り浸っていた。

「ま、いくらでも避難所にしてくれていいぜ。女から逃げたい気分になることは、誰にでもあるからよ」

「……ありがとう」

「素直だな」

川波は僕から詳しい事情を聞き出そうとはしなかった。下世話なデバガメになるいつもとは、まったく違う。女性関係でつらい経験をしたことが、今の僕と重なるのかもしれなかった。

僕は彼とは違って、結女に触れられることが嫌だったわけじゃない。むしろ心地良くて――その心地良さに、流されそうになって。そんな自分が、嫌だったんだ。

また結女に迫られたら、またああなるんじゃないかと――恐れている。

そして、今度こそは、取り返しのつかないことをしてしまうんじゃないかって――怯(おび)えている。

こんな風に逃げたって、何も解決しないってわかっているのに――

水も飲まずに麻婆丼のジャンクな辛さを口に突っ込んでいくのは、まるで自傷行為だった。同時に、お腹が満たされることで、少しだけ精神が落ち着いていく単純な自分も観測することができた。

──まるで他人事だな。

こんな状況になってすら、僕は自分のことを、他人事のように眺めている。

「起き上がる元気が戻ったんなら、ゲームの相手でもしてくれよ」

食べ終わった後のゴミを片付けると、川波はテレビの前に座り込み、コントローラーを手に取った。

それを手の中に押し付けられて、僕は緩慢に言う。

「慣れてないぞ。ゲームには」

「誰だって最初は慣れてねー。神戸で遊んだときに思ったが、やってねーだけでセンスはあるタイプだよ、あんた」

言いながら、川波は自分の分のコントローラーを取り、ゲーム機の電源を入れる。

ゲーム、か……。

そういえば、慶光院さんが今作っているゲームがどんなものか、知らないな。

川波はメニュー画面から適当なソフトを選び、「とりあえず一人で操作に慣れてみろよ」と言った。画面がトレーニングモードに遷移して、僕はスティックやボタンを順番に動かしていく。これがジャンプ、これが攻撃――

「やっぱ頭いいな。ろくにコントローラー握ったことない奴とは思えねー」

「関係ないだろ。ゲームと頭の良さは」

「そうでもねーぜ？　プロゲーマーがとんでもねー学歴だったりすんのは珍しくねーしな。ゲームが上手い奴って、上手くなる方法を考えんのがうめーんだよ。正しい答えを出す方法を感覚的に知ってるっつーのかな……」

「考え方がわかってるってことか？」

「そうそう。操作の精度とか反射神経も重要だけどよ、それでてっぺん取れんのはせいぜい仲間内だけで、全国とか世界とかになってくると、考え方がわかってねーと通用しねーもんな。知ってるか？　ＦＰＳなんかの競技シーンじゃ、敵チームを分析するのが専門のアナリストがいるんだぜ」

「へえ……。確かに、ゲームってできることの範囲が決まってるからな……」

「ん？　どういうことだ？」

「例えば、このキャラのこのパンチが、どのくらいの速さで出るのかは決まってて、どんなに努力したって動かせないだろう。現実のスポーツならより速くパンチを打つことができるかもしれないけど、ゲームではできない――単純なフィジカルの面で確実に限界がある以上、残りは思考で埋め合わせるしかないだろうってことだ」

「おー、それだよそれ。あんたの頭がいいってのは。普通の人間は一瞬でそこまで理解が至らねーんだよ」

……僕の頭が本当にいいなら、結女とのことも、一瞬で答えを出してほしいもんだ。

操作方法は大体わかったので、川波と対戦し始める。向こうもさすがに手加減はしてくれたが、最初は全然勝てそうになかった。けど、操作に慣れるにつれて、徐々に試合らしくなり始める。

「――ぬおっ⁉　そこでそれかよ！」

「そう来ると思った」

「マジかよ……。コントローラー触って二時間で読み合いできるようになってやがる……」

パンチの速度が急に速くなることはない。だったら、パンチが通るような行動を相手にさせなくてはならない。なるほど、これはメンタルスポーツだ。

「次メイン出すわ。さすがに初心者に負けてられるかっての！」

いい勝負ができるかと思ったが、川波は大人気なく強いコンボを次々と決めて、僕をボコボコにした。なるほど、知識も必要らしい。

「ちょっと待て。調べる」

「ガチじゃん……。友達の家でゲームしててウィキ調べ始める奴、初めて見たわ」

そうして、画面の中でひたすら殴り合うだけの、無為な時間を過ごした。

いさなのプロデュースといい、川波とのゲームといい、最近、新しいことを始めることが多い気がする。僕はずっと、固定化された時間を過ごしてきた。学校に行き、本を読み、眠る。ほんの一時、その中に恋人との時間が混じったけれど、僕の本質的な時間の過ごし方が変わったわけではなかった。

変わらなければならない、と、思っているのだろうか。

僕は結女のように、周りに迎合するために自分を捻じ曲げることを良しとはしない。それを成長と呼ぶのはあまりに高圧的で、社会というものに都合の良すぎる論理じゃないかと考えている。

今、僕が遂げているのは、たぶんそれとは違う変化だった。周りに認められたいわけじゃない。社会に馴染みたいわけじゃない。自分の中に元からあったものを発見して、それを受け入れられるように自分を変える——自己のための、自己の変革。

きっと僕は、虚ろなエゴイストなんだろう。自分がないくせに、自分のことしか考えられない。だから、自分か、結女か、選択肢を突きつけられても、自分を犠牲にするという選択は一顧だにしなかった。どうしようもなく、選べるのはこっちだけだと、最初から一つきりの選択肢と向き合うことしかできなかった。

考え方がわかっている、と川波は言った。なるほど、僕は最短ルートを突き進んだのだ。一切の無駄なく。それが誰を置き去りにするのかも知らずに。

そうして辿り着いた先が袋小路だったんだから、笑えない。

「――ゲームっていいよなあ」

しばらくカチャカチャと、コントローラーの音だけが漂ったかと思うと、川波が唐突に言った。

「どんなに喋らない奴でもよ、ゲームを挟むと仲良くなれる気がすんだよな。意外と熱くなるタイプなんだなーとか、めっちゃ脳筋じゃんとか、そういう言葉には出さない人となりがプレイに滲み出て――会話だけでそういうのを知ろうと思ったら、どれだけかかるかわかったもんじゃねーだろ？」

「……そうだな」

「性格の悪りぃ奴は、ゲームにもその悪さが出るんだぜ。初心者狩りでげらげら笑って、自分だけ悦に入ったりしてよ。人の本性が簡単に浮かび上がるのさ」

「ってことは、僕の本性も今、浮かび上がっている最中か？」

「あんたは――そうだな、真面目だよ」

「いい加減だな」

「そんなことねえさ。有利になってもむやみに勝ち誇ったりしない。相手の出方がわからないうちは慎重に間合いを計る。相手にリスペクトを持ってる人間の戦い方だ。これって美徳なんだぜ？　少しオンラインに潜りゃあわかる。相手を蔑ろにしてバッドマナーに走る奴の多いこと多いこと」

それに、と川波は続ける。

「ゲームに対する態度が丁寧だ。一つ一つ、石橋を叩いて渡るように、できることを増やしていこうとしてる。常に自分の実力を冷静に測りながら……」

「…………」

見透かされている気分だった。自分を他人事のように客観視している僕が、そんなにもストレートに浮かび上がるものなのか。

「あんたはたぶん、現実の人間関係でもこんな感じなんだろうな。相手のことを尊重して、自分の身の程を確認して――真面目で、誠実な生き方だと思うぜ。しんどそうだなって思うくらいによ」

「勝手に人生相談を始めるなよ。たかがゲームだろ」

「だったら、ちゃんと話さねーとな」

川波が僕の攻撃を避けて、強烈な一撃を決めた。

「伊理戸さんとは、ゲームでわかり合うことはできねーぜ？」

それで僕の残機は尽き、川波の勝利が決まった。

川波は僕を見て、勝ち誇るようににやりと笑う。その表情を見て、僕は溜め息をつくように言った。

「初心者狩りで悦に入るなよ、性格悪いな」

「初心者だとは思ってねーんでな」

——そうだ、僕は初心者ではない。

すでに一度、同じようなことを経験している。

あのときはどうすることもできず、ただずるずると日々が過ぎ去った。

今度も、同じ轍を踏むのか？

あんなにも馬鹿にした中学時代を繰り返し、今度は大学生になった頃にでも『今となっては若気の至りとしか言いようがないが』なんて回想するのか？

愚かだ。

——本当に、愚かだ。

「そろそろ慣れただろ、伊理戸。あんたなら、もうわかったんじゃねーか？　ゲームに勝つにはどうすればいいか」

「そうだな——」

本を読んでいてよかった。

先人の言葉は偉大だ。

「——『彼を知り己を知れば、百戦危うからず』だ」

伊理戸結女◆欲しいという気持ち

クリスマス女子会から帰ってきても、水斗は家にはいなかった。

お母さんに訊いたところ、

「お友達のところに泊まってくるんですって。もしかしたら東頭さんのところかもねー」

ぬふふ、と何だか嬉しそうに笑っていたけれど、それはないと私は知っている。

東頭さんのところに行くとき、水斗は決まってそれを私に報告した。なぜなのか、はっきりとはわからなかったけれど、昨日のことでなんとなく察しがついた。

あの報告は、水斗が板挟みになった結果だったのだ。

彼をして抵抗できなかったほど、水斗を惹きつけたものはなんなのか。

何のために、水斗は私に背を向けなければならなかったのか。

私は——それを知らなければならない。

それを知らなければ、何も始めることはできない。

私は東頭さんにＬＩＮＥを送った。

『明日、家に遊びに行ってもいい？』

「お待たせしました～」

スウェット姿の東頭さんが、ドアからのっそりと顔を出す。

髪の毛はボサボサで、スウェットはよれよれで、あまりの女子力のなさにぎょっとした。ウチに遊びに来るときも大概な格好してるけど、あれは東頭さんなりに身支度を整えていたんだと初めて知る。

「東頭さん……もしかして寝起き？」

「んや～……起きたのは何時間か前ですけど、着替えるのがめんどくさくて……すみません、こんな格好で～……」

「いや、いいけど……急に来たいって言ったのは私だし」

玄関に入れてもらう。東頭さんはぽてぽてと廊下を歩き、すぐそこにあった扉を開けた。そこが東頭さんの部屋らしい。

「どうぞ～。ＬＩＮＥでも言ったように、何のお構いもできませんけど……」

「そんなに忙しいの？」

「〆切があるので～」

「〆切って？　賞的なやつ？」

「水斗君が決めた〆切ですよお。一昨日にクリスマスイラストを上げたばっかりなのに、次は新年イラスト描けって言うんですよ～。スパルタですよね～」

……ホントに水斗がプロデュースしてるんだ。話には聞いていたけど、こうして本人から聞いて、初めて実感が湧いてきた。

「……お邪魔します」

東頭さんの部屋は、水斗の部屋に負けないくらい散らかっていた。水斗と違って文庫本の類は全部本棚に収まっているけど、分厚くて大きな見慣れない本が、何冊か机の周りの床に積み上がっている。

東頭さんは椅子に座ると、スタイラスペンを手に取った。私は丸まった背中の後ろから、机上のタブレットPCをなんとなく覗（のぞ）きつつ、

「新年イラストって言ってたけど、年明けまでまだ一週間くらいあるわよね？　そんなに時間かかるの？」

「あ、今描いてるのは新年用のじゃないですよ」

「え？」

東頭さんは淀（よど）むことなくペンを滑らせる。

「その前に描きたいのがあったので、今のうちに描いておこうと思って。そしたらスケジュール終わりました」

うぇへへ、と東頭さんは恥じらうようにはにかんだ。水斗に言われた〆切があるのに、その上に自主的に……？　一週間後までに二枚描くってことは、単純計算、一枚につき三

日と少し……。

「イラストって、そんなにすぐ描けるものなの……？」

「落書きなら一時間でもできますけど、これは本気のフルカラーですからねえ。学校があったときは、一週間でも結構きつかったです」

「なのに、なんで自分からしんどくなるようなこと……」

「ええ？　描きたかったんですから仕方ないじゃないですか」

事もなげに、東頭さんは言う。それはもう、万人の常識のように。

けれどその発言は、今までの東頭さんの印象と異なるものではなかった。そう、東頭さんは最初からそうだった。自分の中に、人とは異なる、当たり前の常識を持っている。考えてみれば、それは呆れるくらいに、典型的な天才型の思考だった。

それを、誰よりも近くにいる水斗が、最初に見抜いた――それも、考えてみれば、当たり前。

私は机の周りに山積している分厚い本に目を戻し、しゃがみ込んで表紙を覗き込む。

「あ、その本は資料ですよ」

訊くまでもなく、東頭さんが教えてくれた。

「背景とか服とかの。画像検索も便利ですけど、専門書はまた一味違いますね」

「自分で買ったの……？　お小遣い足りる？」

「いえ、大体は水斗君が買ってきたんです」

「え？」

「私は検索で充分だと思ってたんですけど、ちゃんとした知識が手に入るのは結局本だって言って……。〆切守ったらご褒美がもらえる約束なんですけど、結局それも、その本で消費しちゃいましたね」

私は一番上のを手に取って、裏表紙の値段を見る。二千円以上もした。

ゲームを買ったり友達と遊びに行ったりするのに比べれば、読書はかなり安い趣味だ。古本を利用すればさらに安い。とはいえ、水斗は買う量が量だ――お小遣いの余裕なんてほとんどないはず。お年玉なんかの貯金を使えば、買えないことはないんだろうけど……。

東頭さんを育てるため――それだけのために？

私は再び立ち上がって、東頭さんの背後からタブレットを覗き見た。

清書……って言えばいいのかな。薄く表示させたラフの上から、綺麗な線を引き直している。ペン先にブレはなく、見る見るうちに女の子のキャラクターの輪郭ができあがっていた。

すごく、上手い。

素人の私には、そのくらいしかわからない。

もっと完成した絵を見たら、少しはわかるのかな。そう考えて部屋を見回してみたけど、どうやら印刷したものはないみたいだった。

「ねえ、東頭さん」

「はいー？」

「東頭さんの絵って、ネットで公開してるのよね？　アカウント教えてくれない？」

「ええー……」

嫌そうだった。

「ダメ？」

「ダメじゃないですけどー……恥ずかしくないですか？　現実のお友達にペンネーム教えるのって」

「うーん……私、ＳＮＳはＬＩＮＥくらいしかやったことないから……」

「おお……まだネットに毒されていない、無垢なお方……」

「やっぱりダメ？」

「……学校とかで黙っておいてくれるなら……いいですよ」

「隠さなくてもいいのに。そんなに上手いなら」

「水斗君に止められてるんです。『いいように使われるだけだ』『近場で承認欲求を満たすな』『もっと大きな世間を見ろ』って」

「言いそう……」

「まあ、わたしも同意見ですけど。小学校でいませんでした？　図工の授業でちやほやされて、教室であれ描いてこれ描いてーって言われてた子」

「ああ、いたいた」

私の目には羨ましく映ったけど、東頭さんと水斗的には、無駄どころか邪魔なことなんだ。

教室で人気者にならなくとも、もっと広い世界で人気者になれると——水斗が、信じているから。

東頭さんはイラストを公開しているサイトとペンネームを教えてくれた。私は自分のスマホでそれらを検索し、東頭さんのアカウントページを見つけ出した。

公開されているイラストは、全部で八枚。私はそれを新しい順に表示させていく。

「…………！」

正直、私は想像していた。

漫画雑誌の読者コーナーみたいな、いかにも素人っぽい、素朴な絵を。

けど……東頭さんの絵は、ものが違った。

確かに技術的な面ではプロに劣るのかもしれない。だけど、表現力というか……絵の一つ一つに、強烈な『色』が出ているのだ。単純なカラーの話ではなく、東頭さん特有の作家性というか——メッセージのようなものが。

それが、素人の私にも一見でわかってしまうということが、何よりも異常だった。

しかも、足りていない技術についても、一枚ごとに見るからに上がっていた。一枚一枚、時系列を遡っていくと、公開日時はどれもここ一ヶ月の間。たった一ヶ月で明確に上達する東頭さんもすごいけど、上達のための道筋をつけた水斗もすごい。東頭さんがイラストの天才なら、水斗はそれを育てる天才なんじゃないかって思うくらい。

やがて、最初に公開されたイラストに辿(たど)り着くと、私は息を呑(の)んだ。

くしゃりと表情を歪(ゆが)ませた——失恋した女の子のイラスト。

なんて言えばいいんだろう。表情の——感情の解像度が違う、というか。技術的には一番拙いのに、凄味(すごみ)は他のどのイラストよりも勝っていた。

そして、同時に——顔立ちも違う、表情も違う、何もかも違うのに——そのイラストから私は、神戸で亜霜先輩がフラれたときの、泣き笑いを連想していた。

そう。あれだ——このイラストは、あのときの亜霜先輩の、再現なのだ。

他人の感情を正確に読み取り、あまつさえ、それをイラスト上に精密に再現してしまうなんて——これを才能と呼ばずして、何と呼ぶ？

明らかだった。

神戸だ。

水斗は神戸で、東頭さんの才能を確信した。

そして——新しく脳裏に浮かぶのは、『シベリアの舞姫』のページに滲んだ染み。

「……すごい」

私は、ぽつりと呟いていた。

「東頭さんは……すごいね」

本人は集中していて、きっと聞こえていない。

だから、素直に口にする——心からの、降参宣言を。

これには、勝てない。

たとえ私がどんな美少女でも、この才能には、代えられない。

伊理戸水斗に運命の相手がいるとすれば、それは紛れもなく、東頭いさななんだろう。

この二人のストーリーにおいては、私なんてお邪魔虫で、何の配役もなくて。

私はただ、水斗と過去に付き合っていたことがあるだけ。

私はただ、水斗と同じ家に暮らしているだけ。

特別なことは何もない。ただ、水斗のことがすごくすごく好きで、ただそれだけの人間なんだ。もし遠い未来で、水斗の名前を世間の誰もが知るようになったとしても、私の名前は誰も知ることがないだろう。私の恋愛感情なんて、私以外にはどうだっていいんだから。

でも。

でも。

でも。

そんな私のことを、水斗はちゃんと考えてくれたのだ。

選択肢なんてないのに、簡単に捨てずに、考えて、考えて、考えて――あんなに、苦しむくらいに。

それって。

……それって……。

本当に、価値がないことだと、思う？

「……ねえ、東頭さん。突拍子もないこと、訊いてもいい？」

「はいー？」

「もし水斗に、すごく大事な恋人ができて……彼女が怒るからもう会えません、イラストのサポートももうできませんって言われたら……どうする？」

今まで淀みなく動いていた東頭さんの手が、止まった。

そして、くるりと振り向くと、ぐっと目に力を込めて、告げた。

「結女さんには悪いですけど、それはさすがに譲れません……。ものすごく、困るので」

失恋すら簡単に受け入れた東頭さんが、水斗に新しい彼女ができてもいいと言っていた東頭さんが――こんなにもはっきりと、主張する。

「……そうよね」

私はそれを聞いて、安心した。

今まで、東頭さんのことを異世界人だと思っていた。まったく価値観の異なる世界から来た、まったく別種の人間だと思っていた。かつての自分を重ね合わせた時期があるのが嘘に思えるくらい、彼女の行動、考え方に翻弄され続けてきた。

けど、今、ようやく知れたのだ。

私と彼女は、大事にしている部分が違うだけで――

――欲しいという気持ちは、一緒なのだと。

だから。

「ごめんね。私も譲れないの」

対等に、真っ向から、私もそう告げた。

それが礼儀だと、そう思った。

東頭さんはしゅんとした顔をして、

「……やっぱり、ダメですか？」

「細かい条件については、また話し合いましょう？　捕らぬ狸の皮算用をしても仕方がないし」

「そうですね……。こんなこと言って、二人とも捨てられたら超ダサいですしね」

「縁起でもないこと言うのやめてよ」

私がくすりと笑うと、東頭さんもにへへと笑った。

東頭さんと、友達で良かった。

きっと私たちは、私たちのまま進む方法を見つけられる。

伊理戸水斗◆本物の優しさ

生徒の授業はなくても、教師の仕事納めにはまだ少し早い。そのおかげで、学校に入ることができた。

職員室で教師に生徒会書記の義妹の頼みだと説明すると、生徒会室に入る鍵も手に入った。成績が優秀だとこういうときに楽だ。割と簡単に信頼してくれる。

そうして僕は、初めて生徒会室に足を踏み入れた。

手前にソファーが設（しつら）えられた応接スペース。奥に長机とホワイトボードが置かれた会議スペースがある。僕はまず奥の会議スペースに向かい、ホワイトボードに残された、議事進行の残骸と思われる文字を眺めた。

生徒会報の進捗、eスポーツ部との予算折衝経過報告、年始挨拶週間――集合午前七時。

それらの文字の癖には見覚えがあった。

中学の頃……一緒にテスト勉強をしていたとき、結女のノートで、よく見た文字だ。

僕はホワイトボードの横にある棚に視線を転じる。背表紙を向けて並んだバインダーの一つに、『生徒会だより』と書かれたシールが貼られていた。それを手に取り、開いてみる。

一ページ一ページ丁寧に、プリント一枚の『生徒会だより』が纏められていた。多くは活字だが、一部の直筆部分には、やはり見覚えのある癖がある。几帳面な、だけど少しだけ丸っこい、結女の文字。

生徒会だよりはほとんど毎週発行しているようで、現時点でも相当の枚数があった。そのすべてに結女の文字がある。活字だけだと温かみがないとでも思ったのだろうか。だけど確かに、鉛筆の書き込みがあるほうが、手作り感があって目を惹かれる気がした。

……こんなことをやってたんだな、あいつ。僕はこんなプリント、まともに読んだこともなかった。

いさなの絵を見たときのような感動は、確かにない。だけど、僕はかつてのあいつを知っていた。林間学校で、カレーの材料をもらうのにもまごまごしていたような奴が、今や全校生徒の目に触れるプリントを作っているのだ。

このプリントが世間を驚かせることはない。人を感動させることもない。どころか僕のように、ほとんどの生徒は読んですらいないんだろう。

それでも、僕には――少なくとも僕には、このプリントの凄さがわかるのだ。

「やっぱりキミだったか」

そのとき、唐突にドアが開く音がして、僕は驚いて顔を上げた。

小柄ながらも大きな存在感を宿した女子――生徒会長・紅鈴理が、僕を見て笑っていた。

「役員の親族が来ていると聞いたから、もしやとは思ったけど……結女くんが、何か忘れ物でもしたのかな？」

ドアを閉じて、歩いてくる生徒会長から、僕は一瞬だけ目を逸らす。

「……いえ」

「だろうね。彼女なら自分で来る。責任感の強い子だ」

そう言って、紅鈴理は壁際のケトルに近寄り、蓋を開けた。

「少し資料を取りに来ただけだったんだが、気が変わったよ」

蓋を閉め、取っ手を握る。

「掛けたまえ。お茶をご馳走しよう」

慶光院さんといい、頭のいい人間はみんなこうなんだろうか。こっちの考えてることを、当たり前のように見透かしてくる――

僕は応接スペースのほうに移動し、ソファーに腰掛けた。部外者の僕は、ここに座るのが当然だった。

　紅鈴理はケトルを持って一度部屋を出ると、すぐに戻ってきて、ケトルの電源を入れる。

　それからしばらく待つと、紅茶ポットに茶葉を入れて、ケトルからお湯を注ぎ込んだ。

　結女は昔から紅茶党だ。生徒会はみんなそうなんだろうか。コーヒーの粉は見当たらない。

「お待たせしたね」

　ポットとカップを載せたお盆をローテーブルに置きながら、紅鈴理は僕の対面に腰掛けた。それから、二人分のカップにルビー色のお茶を注ぐと、

「さて」

　悠然と脚を組み、泰然と僕を見る。

「何が知りたいのかな？」

　その様は、まるで賢者だった。勇ある者に知恵を授け、その道行きを助ける——

　僕は、この人が苦手だった。

　どうしてだろう。文化祭のとき、妙に目を付けられたから？

　いや違う、と今になって確信する。この態度が——賢者のように、何もかも考え終わっていて、何もかも答えを出し切ったという態度が、常に考え続け、ずっと考え終わらない僕にとっては、ひどく決まりが悪いのだ。

　賢者としてのこの人に、用はない。

用があるとすれば、それは生徒会長としての――いや。

伊理戸結女の、先輩としてのこの人だ。

「……僕は、家と、教室での結女しか知りません」

川波曰く、僕は真面目で誠実らしい。

「以前はそれで充分でした。でも今は、この生徒会での結女がいます」

だったらその通り、何も誤魔化さず、まっすぐに言おう。

「その結女のことを、教えてください」

彼を知り己を知れば、百戦危うからず。

僕はもっと、彼女のことを知らなければならない。この八ヶ月で、変わったこと、変わらなかったこと。でなければ、何も選ぶことができないし、何も決めることができない。

戦略を立てるには、まずは知ること。

知ることなしには、どんな計画もありえない。

紅鈴理は試すように微笑んで、少しだけ首を傾げる。

「プライバシー、というものがあると思うけどね」

「それも含めて、知らなければなりません」

比翼の鳥。

一対の翼になりたいと、願うなら。

紅鈴理は静かにカップを手に取ると、ゆっくりと紅茶で唇を濡らした。それからカップをソーサーに戻し、何かを堪えるように含み笑いをする。

「ふふ」

「……何か？」

「いや、失礼。考えてみれば、ろくなことをしていないな、と思ってね、ぼくたちは」

「…………？　生徒会活動はちゃんとしているみたいだが？」

「ぼく自身、今の生徒会になるまで知らなかったかもしれないな。自分が、どこにでもいる、ただの女子高生に過ぎないってことに」

「……あなたが？」

「そうさ。勉強して、バイトして、生徒会の仕事をして、余った時間は恋バナに費やす——まさにザ・女子高生だろう？」

恋バナ。

……恋バナ……？

「……あなたが……？」

「不審なものを見る目で見ないでくれよ。ぼくだって恋くらいする」

「…………………」

たぶん羽場先輩のことだな、と想像はついたが、この人が結女みたいに顔を赤らめている姿は、僕の想像力の外だった。文化祭でたまたま二人を覗いてしまったときも、この人は平気な顔をして誘惑していたし。

「ウチは唯一の男子がだんまりを決め込んでいるからね、自然とそういう流れになってしまうのさ。愛沙なんかもはや、生徒会を彼氏自慢する場所だと思っているフシさえある。蘭くんの堅物さがなかったらと思うとぞっとしてしまうね」

「それじゃあ……結女も？」

「ぼくはわかってるけど、愛沙は相手まではわかってないんじゃないかな。蘭くんは、君は東頭さんと付き合っているものだと思っているみたいだね。……でもまあ、あまり詳しく知りすぎないほうがいいと思うよ？　女子の恋バナの内容を聞いたら、女の子と付き合いたくなくなるかもしれない」

そう言われると逆に知りたくなってくるが、開けてはならないパンドラの箱を前にしている気分になり、僕は好奇心を引っ込めた。

紅鈴理はくすくすと笑う。

「普段の結女くんは真面目で落ち着いた、まさに優等生だ。けど、色恋のことになるとまるで別人になる。愛沙にアドバイスを請うてはわあきゃあ騒ぎ、気になることがあれば見るからに静かになる。可愛い子だよ。あんな子に好かれている男がこの世にいるなんて、嫉妬で脳が焼き切れそうだよ」

わざとらしい……。わかってるって、さっき言ってたくせに。

「神戸のときは、また少し違ったな。フラれた愛沙を見て、珍しく怒っていた。単なる同情からじゃなく、『正しくない』ことに——『誠実ではない』ことに対する、義憤というやつだ。それが、彼女の理想なんだろう。どうやって育まれたのかは不明だけどね」

……誠実。

真面目で、誠実——

「彼女は女子にありがちな、無根拠な同情や共感はしない。根拠をもって同情し、共感する。そこがぼくの気に入っているところだ。だってそれは、他人の立場に立って物を考えられるということだ——外付けの社会性ではなく、心の根っこから湧き上がる、本物の優しさを持っているということだ。そうは思わないかい？」

心の根っこから湧き上がる……本物の優しさ。

ああ——そうだ。

でなければ、入学直後から浮いてる家族のためにせっかくの評判を犠牲にしないし。

でなければ、元カレに対する他人の恋なんて応援しないし。

でなければ、友達の幼馴染み(おさななじ)との関係にお節介を焼かないし。

でなければ、一人きりで寂しく花火を見ようとする男なんて見つけられないし。

でなければ、元カレに降って湧いた浮名の相手を心配なんかしないし。

でなければ、深夜まで頑張ってクラスの模擬店を成功させようとしないし。
でなければ、ライバル視してくる相手の体調を慮ったりしないし。
でなければ、先輩の不誠実なフラれ方に怒ったりはしないし。
でなければ、元カレとの同居なんて呑みはしない。
ああ――知っている。
裏が取れた。
再現性が確認できた。
だったら――わかるはずだ。
これから先、どういうときに、どういうことをするか。
未来のことはわからない。将来のことは不透明だ。
ただ一人の例外を除いて。
だとすれば、僕が考え、答えを出すべきなのはなんだ？
――僕は心を鬼にして、きみに覚悟を問わなければならない
「ぼくから話せるのはこの程度かな」
紅先輩は、空になったカップを置いた。
「飲まないのかい？」
先輩は少し冷めてしまった、僕のカップを見て言った。

僕はそれを取り上げ、一気に呷る。

まだ少し、熱かった。

「ご馳走様でした」

「答えは出たのかな」

「いえ」

僕は立ち上がる。

「ずっと、考え続けます」

伊理戸結女◆これまでの開幕

今となっては若気の至りとしか言いようがないけれど、私には中学二年から中学三年にかけて、いわゆる彼氏というものが存在したことがある。

学校で出会い、気持ちを通じ合わせ、恋人となり、イチャイチャして、些細なことですれ違い、ときめくことより苛立つことのほうが多くなって、卒業を機に別れた——

——そして、家族になった。

と言っても、そのときはまだ、そんな自覚なんかありはしなかったんだけど——何せ、中学を卒業してから、まだ一週間やそこらだったのだから。

毎朝コンタクトレンズを入れることにも、髪を結ばずストレートのままで外を出歩くのにも、まだまだ慣れていない頃だった。徐々に古い自分を新しい自分に入れ替えていく、そういう時期だった。

だから、完璧なタイミングではあったのだろう。

長く暮らしたマンションを出て、伊理戸家に引っ越してくるのには。

——ふう

本棚にきっちり並んだ本を見て、私は満足していた。前の家と比べて部屋が格段に広くなり、本棚を三つも置くことができた。これだけをとってみても、引っ越してきてよかったと言うことができるだろう。

ただし、とかつての私は注釈をつける。

——隣の部屋に、あの男がいること以外はね

自分で決めたことのくせに、まったくもって往生際の悪い。だけど、このときの私は、そうすることしかできなかったのだ。別れたばかりの元カレと同居するという矛盾した環境に対して、ツンケンするという形でしか整合性を持たせることができなかった。

はっきり言おう。このときの私は、水斗のことが嫌いだった。

好き同士なんかでは決してなかった。少なくとも心の表層は、そうだった。

今から分析してみても、当時の心境を正確に説明することはひどく難しい。水斗の顔を

見てむかむかしたのも、罵りたくなったのも本当で、でもふとしたときにときめいて、昔に戻ったような心地になったのも本当だ。

ただ、どちらかが本当で、どちらかが嘘だということにしないと、私は私を保てなかった。だから、嫌いだということにした。

だって――私たちは、別れたのだから。

そう、私たちは、嫌いだから別れたのではない。別れたから嫌いだったのだ。

それでも、残ったものがあった。だから私は同居に同意し、だから私たちは家族になった。

水斗となら、もう決して男女の関係になることはない。

その信頼が、私たちを家族にした。

まったくもって甘い考えだ。後から考えると。

引っ越し初日は、何もかもが新鮮だった。広い部屋も新鮮なら階段の上り下りも新鮮で、家族四人でご飯を食べるのも、お風呂に入るのも歯を磨くのも、とにかくやることなすことすべてが新しかった。

何だかお泊まりでもしてるみたいで――この生活が、これからずっと続くなんて、想像することもできなかった。

何よりも、一番新鮮だったのは――

「……あ」

「あ……」

一階の廊下で水斗と遭遇し、私たちは互いに硬直した。

ただ遭遇したわけではない。

お互いに、寝間着だったのだ。

水斗は可愛げのないグレーのスウェットで、ダサいことこの上なかった。元々ファッションに興味のあるタイプではなかったけど、中学時代の私は乙女フィルターで水斗のことが何倍増しかイケメンに見えていたから、その姿がギャップに映った。

私も私で、水斗に寝間着姿を見せた記憶はほとんどなかった。あるとしたら、風邪をひいてお見舞いに来てもらったときだけど、あのときとは体型も全然違うし、第一、高熱で頭がぼんやりしてたから細かく覚えてはいなかった。

あんなに一緒にいたのに——まだ知らない姿があったんだ。

数秒、見つめ合ってから、私が先に我に返った。

「……どこ見てるの？」

胸を隠すように自分を抱きながら、私は一歩後ずさる。

水斗はついっと目を逸らし、

「どこも見てないよ。自意識過剰だろ

――今更、私に誤魔化せるとでも？　ムッツリスケベ

――君相手にスケベになった記憶はないけどな

……そりゃあ、仲が良かった頃は、まだチビで寸胴だったけど。

――ご愁傷様ね。大人になった私に触れなくて

――別人のような自己肯定感だな、陰険ぼっち女

――今日から同じ屋根の下だけど、夜這いとかしないでよ？

――わざわざ言うな。フリか？

チクチクチクチク、嫌味の言い合い。

そのリズムも新鮮だった。この距離感も新鮮だった。

そうか、元カレに対しては、こうするのが正解なんだ。

これからの私たちは、こういう風に関わっていけばいいんだ。

――じゃあね

――じゃあな

喧嘩別れのようにすれ違って。

二度と会わないかのように背を向けて。

なのに、どちらからともなく口にする。

――……おやすみ

——おやすみ
こうして、始まったのだ。
彼氏と彼女ではない、新しい私たちの。
恋人のままでは知れなかった、本当の姿を知る関係が。

伊理戸水斗◆これからの解答

今となっては若気の至りとしか言いようがないが、僕には中学二年から中学三年にかけて、いわゆる彼女というものが存在したことがある。

学校で出会い、気持ちを通じ合わせ、恋人となり、イチャイチャして、些細なことですれ違い、ときめくことより苛立つことのほうが多くなって、卒業を機に別れた——

——そして、家族になった。

結女と由仁さんが引っ越してきた日の夜は、上手く眠れなかったのを覚えている。結女が同じ家に住む、という出来の悪い夢みたいな状況の非日常感や、これから過去の関係を上手く隠していけるのか、という不安。それらがぐるぐると頭の中を駆け巡り、僕が眠りに逃げるのを許さなかった。

何よりも僕を落ち着かなくさせたのは、結女の外見だ。

変わりすぎだろ。

眼鏡を外して髪を下ろしただけだから、別に劇的な変化ってわけではないはずなのに、僕が付き合っていた綾井結女とはまるで別人のように見えた。

付き合っていながら会っていなかった頃も、なんか背が伸びてるな、とか、胸大きくなってないか？　とか、思わないことがないわけではなかったものの、ああしてイメチェンを加えて見せつけられると、なかなかに当惑する。そこに、一応はかつて付き合っていたとは思えない毒舌が加わるんだから、尚更に僕の認識を幻惑した。

顔合わせのとき、よく一目で綾井だとわかったものだ。

そのくらい、彼女の顔は近くでたくさん見てきたからか——いや、違うな。僕が見てきたのは彼女の顔ではなく、顔色だ。見てきたのではなく、窺ってきたのだ。

恋愛というやつは、言ってみれば互いの腹の探り合いみたいなもので、相手が何を考えているか、何を欲しているか、何を望んでいるか、勝手に予想して想像して解釈し続ける必要がある。それを曲がりなりにも、大体八ヶ月くらいは大過なくクリアできていたのだから、綾井結女の顔色を窺うことにかけて僕の右に出る者はいないのだろう。

だけどそれは、飽くまで綾井結女の話であって——

——んあっ⁉

翌朝。ろくに眠れもせず、春休みだというのに午前に起きてしまった僕は、洗面所で歯磨き中の結女に出くわした。

歯ブラシを口に突っ込んだそいつは、なぜか僕の顔を見て驚いて、一歩後ずさる。

──……？　おはよう
──お……おはよふ……

折良く洗面台の前が空いたので、僕はそこに移動する。あわよくば二度寝したいなと思って、顔は洗わないことにした。代わりに歯ブラシと歯磨き粉のチューブを手にする。

そして歯を磨き始めた僕だったが、不審に思うことがあった。

鏡に映った結女が、歯ブラシを咥えたまま、じっと僕を睨んでいる。

何をしてるんだ？　歯を磨くでもなく……。終わったんなら、さっさと口をゆすげばいいのに。

僕が歯磨きを終え、コップに水を溜めて口の中をゆすぎ終わると、そいつは依然として僕を睨んだまま、

──ん！

と、顎で洗面所の入口を指した。

どうやら、退出を促されているらしい。

──なんだよ。君に顎で使われる謂れはないぞ
顎で使うってこういう意味だったか？

——ん！

——口をゆすいで言葉で言えよ。どうしたんだいきなり
——……ん〜〜〜っ!!

結女は不満そうに唸ると、自棄になったような乱暴な足取りで洗面台に飛びつき、グチユグチユペッ、と手早くうがいをした。

それから、タオルで口元を拭きながら、拗ねたように言う。

——……あなたの前でうがいをするのに、抵抗があったのよ。悪い？

——……なんで？

——口から水吐き出すなんてはしたないでしょ!? なんでわかんないの馬鹿っ！

そう言い捨てるや、結女は怒り肩で洗面所を出ていった。

……いや、わかるかよ。

言われなきゃわかんないよ。

いくら僕が君の顔色を窺うプロフェッショナルだからと言って——

——そう。言わなきゃわからないし、言われなきゃわからない。

思えば、僕たちは終始、言葉少ななコミュニケーションだけを取ってきた。どっちかがどっちかの心境を勝手に慮り、まるで競うように察し合って、まともに話し合うこともなくその時々の問題を——問題意識を——解決してきた。

そんなことは、いつまでも続かないのだ。

せいぜい続いて、八ヶ月。

八月の終わりに始まれば、四月頃には綻び始め。

三月の終わりに始まれば、十二月頃には限界が来る。

夏休みにお祭りに行けば？

クリスマスにプレゼントを用意すれば？

バレンタインにチョコをやり取りすれば？

そんなＩＦでさえ間違っている。そんなことを期待する前に、僕たちにはやるべきことがあったんだ。

行間だけの小説はない。

文字がなければ、それはただの空白だ。

僕たちはまず——話し合うべきだった。

答えがあるとすれば。

それだけが唯一にして絶対の、完全なる解答だった。

伊理戸水斗◆鳥は一翼では羽ばたけない

学校から家に帰ってきてみると、誰の気配もしなかった。

父さんと由仁さんはまだ仕事だろう。今頃、仕事納めをするために頑張っているはずだ。

結女は……わからない。あいつの行動を全部予測できるほど、僕はあいつのことを知らない。

でも、たぶんそれでいいんだと思う。知っている必要があるのは、もっと本質的なことだけだ。

僕は一日ぶりに、自分の部屋に入る。一日くらいで、大して変わりはしない。本で溢れ返った、見慣れた雑然さがあるだけだった。

この部屋での、一番新しい、一番鮮烈な記憶を思い返した。結女がはだけた服を直し、謝りながらこの部屋を出ていく――

その手には確かに、何も持っていなかった。

僕はベッドの辺りを見下ろした。それから、布団をめくる。何もない。床に視線を落とす。何もない。ということは――

僕は床に這いつくばると、ベッドの下の空間を覗き込んだ。

――あった。

手を伸ばして、それを引っ張り出す。

リボンの柄が描かれた、手のひらサイズのギフトボックス。

ベッドに腰掛けて、蓋を開ける。

翼の意匠が施された指輪が、変わらず銀色の輝きを放っていた。

「…………」

取り出すことはない。

この指輪は、今の僕には似合わない。

だけど、指輪を贈る、という行為に、どれだけの勇気が必要なのかはわかる。恋人がいれば、一度は考えてみるものだ。指輪をプレゼントしてみたらどうだろう、と。そのたびにすぐに打ち消す。いやいや早い。というか重い。たかが学生の身で指輪なんて、背伸びのしすぎだろう――と。

確かに、背伸びかもしれない。だけど今の僕たちには、その背伸びが必要なのかもしれなかった。結女にそういうつもりがあったかはわからない。それでも、僕たちに求められている決断が、一学生のそれとは思えないほどの重みを持っていることは、確かなのだ。

子供とか、大人とか。

学生とか、社会人とか。

そんなタグ付けとは関係のない、人間としての――

一人の人間としての。

決断が——必要なのだ。

……これは、果たして恋愛だろうか？　恋焦がれ、愛しさを持て余す、確かに感情としては恋愛のそれだ。でも、僕たちが決めようとしていることは、もっと大きい。今この瞬間の感情のためではなく、これからの自分のすべてを決定づける選択なのだ。

もはや、僕たちに別れるという逃げ道はない。

法律で離婚が認められている、夫婦よりもなお重い選択。

恋愛小説なら決めた時点でハッピーエンドだ。だが現実の僕たちにはその先がある。

未来を。

この先、何十年と続く未来を、たかだか十六歳のうちに決めてしまえるのか？

「——ふ」

愚かな自問だな。

できるわけない、そんなこと。

できると言ってしまうことこそ、考えなしの証明だ。

僕には、できない。

一人っきりでは。

僕はスマホを取り出した。それから、検索欄に『指輪　翼』などと入力し、現れた画像とギフトボックスの指輪を見比べていく。

それが終わると、机のほうに移動し、その引き出しからあるものを見つけ出した。

名刺だ。

記された名前は、慶光院涼成。

名前に添えられた電話番号を、僕はスマホに打ち込んだ。耳に当てて、コール音を聞く。

四度目のコールの後に、音はプツリと途切れ、代わりに落ち着いた男性の声が聞こえた。

『もしもし？　慶光院ですが』

「伊理戸水斗です」

僕は端的に告げた。

「バイトを紹介してくれませんか。できれば、三日以内に給料がもらえるものを」

伊理戸結女◆本気には本気で

東頭さんの家から戻ると、玄関には水斗の靴があった。

見た瞬間、少しだけ緊張した。でも、少しだけ安心してもいた。

今度の私たちは、同じ家に帰ることができる。

そんなのは甘えだと知っていながらも、縁が切れることはないという事実に、私は救われていた。

……そっか。だったら。

ふと気づく。

前とは違う。どちらかが声をかけなければ会えない関係ではない。だったなら、むしろ。

私は、人の気配がする水斗の部屋には行かずに、自分の部屋に入った。

少しだけ、考えたい。

たくさんのことを考えてくれていた水斗に、少しでも追いつけるように。

しばらく、一人で。

きっと、それを怠った瞬間に、関係というものは終わってしまうんだろうから。

——そして、五日が経った。

水斗はその間、忙しなく午前からどこかに出かけていた。

私は暁月さんたちや生徒会の誰かの誘いに乗ったりしながらも、頭の端で考え続けていた。

水斗との関係のこと。

東頭さんの才能のこと。

お母さんたちの人生のこと。

私自身の、未来のこと。

二年後の受験のことさえ想像できない私に、未来の何がわかるというんだろう？

それでも、考え続ける。

円香（まどか）さんは言った。夏休みの宿題のように、コツコツ片付けたほうがいい、と。家族とか友達とか、周りのことはいったん置いておいて、自分の気持ちを定めるべきだ、と。

そのターンは過ぎ去った。

自分の気持ちを定める段階は過ぎ、家族とか友達とか、周りのことを考えて。

それでも。

それでも。

それでも――


十二月三十一日。

今年という古き日々に、おしまいが来る。

第五章　比翼の鳥が羽ばたくとき

伊理戸水斗◆覚悟

「――覚悟はできたのかい？」

十二月二十九日。注文通り、三日目の業務の終わり際に、慶光院さんは訊いてきた。

慶光院さんが紹介してくれたバイトは、慶光院さんの会社の雑用だった。資料を纏めたり、買い置きのお菓子を管理したり、送る荷物の宛名書きをしたり、とにかくクリエイティブに関しないすべて。小さな会社だから、こういう雑用係がいると助かるらしい。

初めてのバイトだったが、たまにやる家事や、文化祭準備の経験が助けとなった。それに、ゲーム会社の現場に少しでも参加できたことは、事前に思っていた以上にいい経験になった。作業に熱中したクリエイターを休ませる方法とかな。

そうした新鮮な三日間の終わりに、慶光院さんが餞別とばかりに言ったのだ。

「男子三日会わざればと言うが、今のきみは、半月前に会ったときとはまるで別人だ。迷いは晴れたと思っていいのかな」

「……いえ」

僕は首を横に振る。

「迷わない人間なんて、いないと思います。たとえそれがどんな天才でも。……あなたのほうが、わかっているんじゃないですか」

慶光院さんは意味ありげに微笑んだ。

この人は結局、すべてを見透かしていたのかもしれない。これから僕が言うことも、すべては予想の内なのかもしれない。

それでも、言う。

それが、さっきの問いに対する答えだ。

「迷いは、晴らすものではありません。付き合うべきものだと、思います」

慶光院さんは少し驚いた顔をして、反応に間を空けた。

「付き合う？　……乗り越える、でもなく？」

「ええ。迷いを晴らしたり、乗り越えたり……そんなことができたら、お釈迦様ですよ」

ややあって、「くっ」と慶光院さんは小さく笑う。

「さすが読書家だ。教養のある答えだね——そういえば、『覚悟』は元々、仏教用語だったか」

迷いを去り、道理をさとること。

苦界に生きる僕たちには、まだまだ縁の遠い話だ。

「慶光院さん。前に結女(ゆめ)から聞きましたが、あいつのミステリ好きは、あなたの影響らしいですね」

「ん？　ああ――ぼくも学生時代に凝っていてね」

お互いに読書家のくせに、この三日間、こういう話をしたのは初めてだった。

「一番好きなミステリはなんですか？」

慶光院さんは難しげに唸(うな)り、

「何とも難解な問いを投げてくるものだ……。しかし、そうだね、結末で言えば、個人的に一番好きなのは――『笑わない数学者』かな」

――林間学校の夜、綾井(あやい)結女と初めて関わりを持ったときに、僕も読んでいた本だ。

「少し渋いチョイスですね。同じシリーズなら『すべてがFになる』とかを挙げそうなものなのに」

「オチが好きなんだ。科学的思考の何たるかを示す、あのオチがね。……む」

自分の言葉に、慶光院さんはふと口籠る。

たぶん、気付いたんだろう。今し方自分で言ったことが、僕の答えと同じ意味を示していることに。

「……こいつは一本取られたな」

「偶然ですよ」

「ではお返しに訊こう。水斗君、きみが一番好きなミステリは？」

「『コズミック』です」

「……っはは！　『決して解けない謎』というわけだ――」

やっぱり、僕とこの人は似ているのかもしれない。

軽く息をついて、慶光院さんは遠いところを見る。

「……ぼくももう少し早く、きみと同じ答えに辿り着いていたら――いや、良くないな。歳を取ると後悔ばかりしてしまう」

それから、僕に手を差し出した。

「頑張ってくれ。ぼくのようなつまらない大人から言えるのは、もうこれだけだ」

「はい。言われるまでもありません」

僕たちは握手を交わす。

いつか見た悪夢と、これから見るユメに、決着をつけるために。

伊理戸結女◆最後の日・その1

今年最後となる朝は、可もなく不可もなく、普通そのものの目覚めから始まった。

ベッドの中で瞼を開けて、そのまましばらくぼんやりとする。生徒会に入って以来、当たり前になっていた忙しさがプッツリと途切れて、気が抜けてしまっているらしい。

でも、いいか。今日くらいは。

そう思って布団の中で丸くなると、不思議なもので、逆に目が冴えてきた。眠れもしないのにベッドにいるのも暇なので、するりと布団から抜け出す。途端、冬の冷気が身を刺して、早くも布団に帰りたくなった。その欲求をぐっと堪えつつ、エアコンのスイッチを入れる。

部屋を暖めている間に顔を洗ってこよう。私は姿見で軽く髪の乱れを直すと、寝間着のまま部屋を出た。階段を降りて、洗面所に入る。

洗面台の蛇口からお湯を出して、少し待つ。水が温かくなると、ばしゃばしゃと顔を洗った。その後、化粧水をコットンに染み込ませて、顔全体に塗り込んだ。ついでに眉毛の形をチェック。問題はなさそう。

化粧水が肌に馴染んでいくのを感じながら、歯を磨いた。シャコシャコと念入りに、奥歯の裏まで漏らしなく。

その途中で、洗面所のドアが開いた。

寝癖をつけた水斗だった。

私は振り返り、歯ブラシを咥(くわ)えたままで言う。

「おはよふ」

「おはよう」

私はコップに水を注ぎ、口に含んでブクブクとゆすいだ。そしてペッと歯磨き粉を含んだ水を吐き出して、口を拭きながら場所を水斗に譲る。

そして、何事もなく、自分の部屋に戻った。

エアコンで暖まった部屋で、クローゼットから今日の服を見繕う。そう気合いを入れる必要もない。結局、汎用性のあるブラウスと、過ごしやすいロングスカートにした。それらをいったんベッドの上に広げると、寝間着の上を脱ぐ。

あ、そうだ。ブラジャーも替えないと。上半身をナイトブラ一枚にしたまま、私は箪笥(たんす)からブラを見繕った。

人に見せる予定は……ないか。

——だけど。

「最後の日……だから」

今年、最後の日。

私が自分に立てた誓い、その最終〆切(しめきり)。

この日が勝負でなくて、なんなのだろう。

私は、お母さんに内緒でこっそり買った、複雑な刺繍(ししゅう)に縁取られた可愛(かわい)いブラと、セットのショーツを取り出した。

ナイトブラを脱ぎ、新しいブラのカップに油断なく胸を詰め込んで、形を整える。

ただそれだけで、気が引き締まるような心地がした。

こうして、日常が始まる。

私にとって、勝負の日常が。

伊理戸水斗◆最後の日・その2

午前は、だらだらと本を読んで過ごした。

『Yの悲劇』の再読である。日本で大人気のドルリー・レーンシリーズ第二作。全聾(ぜんろう)の元俳優ドルリー・レーンが、緻密で鋭い推理を披露したり、披露しなかったりする。

最終盤に明かされる驚愕(きょうがく)の真実を読み終えると、僕はいつもと同じ感想を持った。

考えがあるなら、ちゃんと人に言わないとダメだよな……。

似たような話をいさなにしたとき、あいつはこんな風に言った。

「OVA版のジャイアントロボみたいなことですか?」

「なんだそれ」

「ちゃんと遺言を残さなかったばっかりに世界が大変なことになる話です」

あとで調べてみたら、めちゃくちゃ昔の、オッサンしか知らないようなアニメだった。なんでそんなの観てるんだ、あいつ。

ともあれ、いつの時代、どこの世界もディスコミュニケーションは悲劇を呼ぶものらしい。ミステリの殺人動機のうち半分が恋人を殺されたことだとしたら、もう半分はディスコミュニケーションだと言ってもいいくらいだ――いや、これは言い過ぎか。

『Yの悲劇』を本棚の元の位置に戻すと、僕は机のほうに移動し、その一番上の引き出しを開けた。

手のひらサイズのギフトボックスが、並んで二つ、収まっている。

引き出しをしっかり閉めてから、僕は部屋を出て、一階に降りた。そして何気なくリビングに顔を出してみると、結女が炬燵でテレビを見ていて、父さんがダイニングで本を読んでいて、由仁さんがキッチンで何かを茹でていた。

「あ、水斗くん。おうどん茹でてるけど食べるー？」

キッチンから訊かれて、僕は首を傾げる。

「年越し蕎麦は食べない派ですか？」

「えー？　別にいいじゃない。一日に二回麺類を食べたってー。お米は一日三回も食べるでしょー？」

まあ、どちらも主食という区分なら、同じ物差しで測るべきか。

「食べます」と答えて、僕はテレビの前の炬燵に入った。

先客の結女が僕のほうを見て、「ねえ」と話しかけてくる。

「初詣って、いつ行くタイプ？」

「いつって？」

「日付が変わった瞬間に行くか、徹夜して早朝に行くか、いったん寝て明日の昼くらいに行くか」

「それで言うと、そもそも行かないタイプだな」

「不信心ね」

「神様を信じるのか？」

「……それもそっか」

信じるには値しまい。僕たちをこんなにも翻弄してきた野郎だ。

僕は炬燵の真ん中に置かれた蜜柑(みかん)を手に取ったが、これから昼食なのを思い出して、そっと元に戻した。

「君のところはどうなんだ？」

「元日の昼前くらいに、お母さんと一緒に行ってたかな」

「人が多そうだ……」

「どうせ人混みなら、深夜のほうが面白そうね」

「今年は友達と行けるだろ？」

「うん。でも、せっかくだし、家族とも行きたくて」

「家族ね」

一昨年——いや、まだ去年か——は、三日くらいに、綾井と一緒に行ったっけ。友達もいないのに元日から出かけると怪しまれるからな。

……あのときは、どんな神頼みをしたんだったかな。

「あなたは予定ないの？　東頭さんとか川波くんとかと」

「いさなは僕と同じタイプ。川波は僕のことをよくわかってる」

「ふうん。まあ川波くんは、他にも付き合いのある人多そうだものね」

「南さんも一緒だろ」

「深夜の二時くらいに集合しようって言われてるの。一緒に来る？」

「僕を針のむしろにして何が楽しい？」

「ふふっ」

「——二人ともー！　おうどんできたよー！」

「「はーい」」

僕たちはいそいそと炬燵から立ち上がる。

初詣に行くにしろ、行かないにしろ、僕たちにはその前に片付けなければならないことがある。

今年の汚れは今年のうちに。

一世一代の大掃除だ。

伊理戸結女◆最後の日・その3

昼食が終わった頃、暁月さんから電話がかかってきた。

「はい、もしもしー」

『結女ちゃーん。今いいー？』

「うん。大丈夫」

私はスマホを耳に当てながらテーブルを離れ、再び炬燵に脚を入れる。すぐ後ろのソファーにだらしなく背中をもたせかけながら、暁月さんの声を聞く。

『今なにしてたのー？』

「お昼食べてた」

『おっ、なになにー？』

「おうどん」

『年越し蕎麦？』

「の、前座だって」

『えー？　何それ』

「暁月さんは？」

『ウチはフツーに焼き飯』

「作ったの？」

『ママがね！　大晦日くらいメシ作ったらあ、ってさー』

いつも家を空けている暁月さんの親御さんも、さすがに大晦日は家にいるらしい。

『結女ちゃんは年越し何観るの？』

「観るって？」

『テレビとか配信とか』

「んー。特に決まってない」

『紅白とか興味ないんだ？』

「出てくる人がわからないのよね」

『音楽あんまり聞かないもんねー』

「我ながら女子高生とは思えない……」

『カラオケの選曲もあたしに頼ってるしねっ』

「お世話になっております……」

『あははっ！』

「とりあえず、カウントダウンだけしてくれたらいいかな」

『それは重要なんだ？』

「年越したー、って感じがしない？」

『あー、わかるかも』

「いつの間にか日付変わってると損した気持ち」

『わかるわかる！』

水斗がリビングを出ていった。階段を上る音。

「去年はあけおめＬＩＮＥで年明けに気付いちゃった」

『結女ちゃんはあけおめ最速派？』

「最速じゃない派があるの？」

『回線パンク読みでね！』

「んー……今年はリアル派かも」

『すぐ会うもんね』

「二時よね？」

『うん！　そうそう——あっ！』

「なに？」

『そのことで連絡したんだった！』

「あ、そうだったんだ」

『うん。あのねー、奈須華ちゃんのお母さんが車出してくれるみたいでさ、そんならせっかくだし北野天満宮まで行っちゃう？　って話になってー』

「えっ！　いいねそれ！」

『おっ、テンション上がった？』

「毎年憧れながらも、新年から行くには遠いなーって思ってた」

『歩きで一時間かかるもんねー。じゃあ決定でいい？』

「うん。決定！」

『オッケー。それじゃあ二時に、烏丸御池の交差点のところに集合で！』

水斗がリビングに入ってきた。手には文庫本。

すたすたと歩いてくると、炬燵に脚を入れる。爪先が横から伸びてきて、私の脛の辺りに触れた。

「ところで、川波くんはいいの？」

炬燵の天板の上で、水斗が文庫本を開く。『空飛ぶ馬』だった。

『え？　なんでー？』

「初詣デートとかしないのかなって」

『しないしない！』

「なんで？」

『あいつ知り合いに遭遇しまくるんだもん。あたしもだけど』

「おー」

『何の「おー」？』

「陽キャはすごいなあと」

『フツーだってー』

「でも北野天満宮くらい人が多いとわからないんじゃない？」

『んー、まあ確かに』

私はのっそりとソファーから背中を離し、本を読む水斗の顔を窺う。

『そっちこそどうなん？』

「どうって？」

『伊理戸くん。クリスマスに川波ん家に泊まってたみたいだけどー』

「ああ、やっぱりそうだったんだ」

『知らなかったの？』

「いなかったのは知ってた」

『わかってないなー、伊理戸くん！　せっかくのクリスマスに結女ちゃんを一人にするなんてさ！』

「私たちは会長のところのパーティにお呼ばれしてたじゃない」

『まあそうだけどー』

暁月さんにしては、持って回った話し方だなと思った。

まるで、気になってはいるけど、はっきりとは訊きづらいことがあるかのような。

「暁月さん的には不満？」

『んー。不満っていうかー』

「川波くんと一緒に過ごせなかったから？」

『違うって！　……いや、なんかさ』

そら来た。

『伊理戸くんも結女ちゃんも、なんか悩んでる感じがしたから……大丈夫だったかなって』

優しいなあ、暁月さんは。

好きな人とのクリスマスを邪魔されたのに、私たちを心配してくれるんだ。

「大丈夫だよ」

親友を安心させるために、私ははっきりと言う。

「きっと、大丈夫」

未来のことはわからないけど。

今の私なら、そう悪いことにはならないだろうと、無根拠な自信がある。

『そっか。……ならいいや』

それ以上は何も訊かずに、暁月さんは言った。

『じゃあ二時！　烏丸御池ね！』

「うん。覚えた」

『夜道は危ないから、伊理戸くんに送ってきてもらってね！』

「……うん」

そうできたらいいなあと、私も思っている。

『じゃあね！　ばいばーい！』

「ばいばい」

向こうが通話を切るのを待ち、私はスマホを耳から下ろした。

少し話し疲れたなあと思って、またソファーに背中をもたれさせていると、

「……なあ」

ぶっきらぼうな声が、控えめに耳朶を打つ。

「何？」

ソファーにもたれたまま顔を持ち上げて、水斗のほうを見た。

水斗は文庫本のページを閉じて、私の顔を見つめていた。

「…………………」

「ねえ峰くん。ウチのお雑煮って白味噌でいいの？」

「…………………」

「んー？　特には決まってなかったと思うけど、母さんのは白味噌だったかな」

私たちの沈黙に、ダイニングのほうからお母さんたちの声が紛れ込んでくる。

水斗はちらりとそっちを振り返った。

ここでは話せないこと……なのかな。

水斗は目を私に戻すと、一度、口を開きかけ、やっぱり閉じて、少し俯きがちになる。

それから改めて私の顔を見据えて、ようやく言葉を発した。

「夜に初詣に行くんなら、今のうちに寝ておいたほうがいいよ」

「……そう？」

「普段は早寝だろ、結女さん」

結女さん。

これは、家族としての言葉。

緊張が解けて、急に頭がぼんやりしてきた。お腹もいっぱいになったからか、炬燵があったかいからか、睡魔が瞼にのしかかってくる。

「ここで寝るなよ」

「……うん。そうね……」

「昼寝が終わったら」

少しだけ、目が覚めた。

「ちょっと、時間くれ」

……うん。

頭の中で答えると、私は気合いを入れて、炬燵から抜け出した。

「私も……ちょっと、話したいこと、あるかも」

謝りたいことも、ある。

それらのやりとりは、少しだけ抑えた声で行われた。ダイニングにいるお母さんたちを一瞬窺ったけど、私たちの会話を聞いている雰囲気はなかった。

「この作者の本、持ってたら貸してくれないか、結女さん？」

水斗が『空飛ぶ馬』を持ち上げて、唐突に言った。

「うん。あとで部屋に来てくれたら」

これは念のためのカムフラージュ。

私たちが二人きりでいてもおかしくならない、伏線。

私はリビングを出ると、階段を上って、自分の部屋に入る。

昼寝の間に髪が乱れても面倒なので、いつものようにお下げに束ねる。服は……どうせ夜に着替えるから、いいか。

ベッドの上に、仰向（あおむ）けになる。

天井を見上げて、小さく息をつく。

そして、考えた。

これからのことを。

私たちのことを。

伊理戸水斗◆比翼の鳥・その1

かつての日本において、結婚とは家と家との合併みたいなものだったという。

当時は家制度ってヤツで、要は家族全体が、父親を社長とした企業みたいなものだったのだ。ゆえに結婚は、違う家＝企業との連携を密にし、お互いの家をより大きくしていくための経済戦略の一つだった。だから結婚相手は父親が決めるのが当たり前で、女学校では華道だのお琴だの、花嫁修業ってヤツを大真面目に教えていたわけだ。

自由恋愛の時代から見れば理不尽な仕組みにも、その時代の在り方からしてみれば一定の合理性を持っていたりする。実際、そうやって結びついた夫婦は、今の夫婦ほどには箇単に離婚できなかったはずだ——気に食わないことがあっても、仕方がないから我慢して、辛抱強く向き合っていくうちに、絆のようなものが芽生えることだってあったはずだ。

そっちのほうが良かったと、僕は言えるだろうか。

恋愛なんて面倒なものを、自分の意思で、個人の裁量で、ゼロからやっていかなければならない今よりも、家が良さげな相手を勝手に見繕ってくれる昔のほうが、良かったと言えるだろうか。

……どうかな。そうなってみないとわからない。

少なくともその場合は、僕に人生の自由はない。結婚という重要事でさえ、他人に委ねるような有様なのだから。これは結局、自由を対価に楽を買っているに過ぎないのだ。

自由は、楽じゃない。

東頭いさなという、僕の知る限り一番自由な奴の面倒を見ているからわかる。あいつは自由であることと引き換えに、他の高校生が背負い込まなくてもいい苦労をいろいろと背負い込んでいる。

例えば、体育でペアが見つからないとか、宿題を誰にも見せてもらえないとか、教科書を貸してくれる相手がいないとか——

ただのぼっちと言えば簡単だが、あいつは人間関係をオミットすることによって、明らかに他者にはない才能を得て、それを今まさに伸ばしている。すべてのぼっちがそうなれるわけではないけれど、人間関係に割り振らずに済んだリソースを、別の部分に注ぎ込むことができるのは間違いのない事実だ。

すべてはトレード・オフ。対価なしには何も得られない。

自由であることには相応の努力がいる。常識に、固定観念に、縛られない囚われないと、そう言うのは簡単だ。ならお前は、一から自分の常識を、何にも固定されない観念を、自力で初めから組み上げることはできるのか？

そんなことは誰にもわからない。開拓者は成功してから評価される。その成功が本当に成功であるかどうかだって、遠く後世にならなければわからない。クリストファー・コロンブスが、偉大な冒険家であると同時に最悪の虐殺者であったように。

やってみなければ、わからない。

やってみるだけの、覚悟がいる。

迷いを去り、道理をさとること——覚悟を決めるとは、口だけの誓いを立てることじゃない。できるかどうかもわからない、無謀な約束をすることじゃない。

僕と結女なら、決して別れることはないなんて、誰に確約できる？

すでに一度——別れているのに。

初めて付き合うなら、無謀な未来を誓うのもアリだろう。それは無知ゆえの未熟。だけど僕たちは知っているのだ。

恋はいつか終わる。

愛はいずれ冷める。

永遠の恋愛など、ありえない。

たぶん、一切の例外はない。他人と他人が連れ添って、何十年もの時間の間に、相手のことが一度も嫌にならないなんてことは、どう考えたってありえない。

それでも、と。

お前は言えるか、伊理戸水斗。

健やかなるときも病めるときも、喜びのときも悲しみのときも、富めるときも貧しいときも、敬い、慰め合い、共に助け合い、その命ある限り――

まだ高校生の分際で。

――真心を尽くすことを、誓えるか？

愚問だね。

何度も何度も自問した。

何度も何度も自答した。

だからこそ、愚かな問いだと断言できる。

愚問だ。

そんなこと、できないに決まっている。

伊理戸結女◆比翼の鳥・その2

十六年。

まだ、たった十六年だ。

私がこの世に生を受けて。

水斗がこの世に生を受けて。

まだ、たった十六年しか経っていないのだ。

私たちが出会ってから数えれば、多めに見てもせいぜい三年。もっと長い間付き合い続けても結婚しないカップルがいるのに、たった三年しか同じ時を過ごしていない私たちが、どうして永遠なんて誓えるだろう？

口先だけだ。

一時の気の迷いだ。

思春期に踊らされているに過ぎないって、はっきりとわかる。

恋愛小説の結末なら素敵だろう。想いを通じ合わせ、永遠を誓い合い、次のページでは結婚式のシーンに飛んでいて、末長く幸せに暮らしましたとさ、めでたしめでたし――

現実はそうじゃない。

むしろ、恋愛ものがそこで終わることから明らかじゃないか。そこから先にドラマはない。胸ときめくような恋も、燃えるような愛も、そこから先には存在しない。ピークが過ぎたら下っていくだけ。あんなにドラマチックだった恋が、ぐずぐずに停滞して衰えていく様なんて誰も見たくないから、物語はそこで終わるんだ。

物語の最後のページは、まるでアルバムの写真のよう。綺麗なままで保存され、流れる時に置き去りにされていく。

永遠はどこにもない。

あるのはきっと、止め処ない変化。

そのすべてを乗り越えた人だけが、幸せに人生を終えられる。

考えるほどに険しい道のりだと思った。たぶん、もっと慎重に見極めるべきなのだ。もっともっと時間をかけて、この人生という険しい道のりを乗り越える方法はどんなものか、いっぱいいっぱい考えるべきなのだ。

たかが十六年では足りなすぎる。

三年ぽっちじゃ足しにもならない。

たぶん、多くの大人が同じことを言うだろう。もっと考えたほうがいい。まだ学生なんだから。社会に出てからでも遅くない。みんなみんな、私の浅慮に忠言する。

こんな正論なんて、見て見ぬフリをしたら楽だったんだろう。

今この瞬間の感情に酔って、非日常な空気に中てられて。

そう、あのクリスマス・イヴの夜のように――勢いのままに突き進んだら。

たぶん、すごく、気持ちが良かった。

でも、そんなのは偽物なんだ。クリスマスとか、夜景の見えるレストランとか、そういう常ならぬ空気感で味付けをした誓いなんて、長続きするはずがない。

私たちに必要なのは。

何でもない日常の中で、当たり前の生活の中で、当然のように――

それでも。

――と、覚悟を決めること。

だから私は、この勝負の日にデートをセッティングすることはなかった。

私は、綺麗に切り取られた思い出が欲しいんじゃない。

最後のページの後まで羽ばたく、もう一枚の翼が欲しいんだ。

伊理戸水斗◆比翼の鳥・その３

比翼の鳥、という言葉がある。

一枚しか翼を持たない鳥が、雌雄で一体となることで両翼を揃え、初めて羽ばたくようになる――

僕は果たして、比翼の鳥なのだろうか？

自分でそう思ったことはない。一人で生きていけるとずっと思っていた。

でも、だとしたら。

結女と一緒に花火を見たあのとき、どうして僕は、泣いてしまったんだろう。

あのときの自分のことが、未だによくわからない。嬉しかったのだろうか？　安心したのだろうか？　マイナスの感情ではなかったことは確かだけど、正確に分析することは不可能だった。

結女ならば――それがわかるのだろうか。

泣いた僕にキスをした、結女ならば。

人は思う以上に、自分のことを知らない。あの慶光院さんですら、子供が生まれるまで自分の性質を認識していなかったのだから。

僕はすでに、自分が進む先を見定めている。

けれど、進む自分を顧みることはできない。

誰かに――見てもらわない限りは。

これは甘えだろうか？　古臭い家制度のように、自分を中心に家を構成しようとしているのか？

いや。

僕は知っている。彼女を知っている。

まともに人と会話できなかった彼女から、立派に生徒会を務め上げている彼女までを知っている。

収まらないさ。たかが良妻賢母には。

僕のためではなく、結女のためでもなく。

僕たちのために。

両の翼が必要なのだと、そう思える。

伊理戸結女◆さあ、心は決まった

私は目を覚ます。

伊理戸水斗◆話し合いの時間だ

僕は本を閉じた。

伊理戸結女◆きょうだい会議・導入

時刻は午後五時を指していた。

昼寝から目を覚ました私は、束ねていた髪を解いて、ブラシを通していた。何度も何度も丁寧に、一つのほつれも残さないように。

そうしていると、やがてドアがノックされた。

「はい」

私はブラシを置くと、ドアを内側から開ける。

廊下で待っていたのは、やっぱり水斗だった。

水斗は窺うように私の顔を見て、

「今、大丈夫か？」

と言った。

私は軽く前髪を直しながら、

「うん。もう目は覚めてる」

と言う。

それから、水斗の背後——廊下の奥を覗き込んだ。お母さんたちに見られている気配はない。

「入って」

そう言って道を開け、水斗を迎え入れてから、ドアを閉じた。

水斗は平静な足取りで部屋の中に入っていき、カーペットの上に置かれているテーブルの傍(そば)に腰を下ろした。私もその辺りに座ろうと思ったけど、

「あ」

「ん？」

振り返った水斗に、私は言う。

「お茶取ってきてもいい？　寝てたから喉渇いて」

「ああ……乾燥するからな。僕の分も頼む」

そうして、私は部屋を出て、一階に降りた。

リビングでは、お母さんと峰秋(みねあき)おじさんが、炬燵(こたつ)に入ってくつろいでいた。私のほうには意識を払っていない。今のうちに、素早くコップを二つ出し、冷蔵庫から作り置きのほうじ茶を手に取る。

それらを両手に持って、二階の部屋に戻った。

「よいしょ」

コップ二つとほうじ茶のボトルをテーブルに置く。

私は水斗とテーブルを挟んで正面に座り、コップにほうじ茶を注いだ。私がボトルを置

くと、水斗も自分でコップにお茶を注ぐ。

私は半分くらい一気に飲み、水斗は口を付けなかった。

長い話になるかもしれない。

今は口を付けなくても、この話が終わる頃には、空になっているだろう。

「…………」

「…………」

カチ、コチ、カチ、コチ。

しばらくの間、時計の針だけが雄弁だった。

タイミングを計っていたのだ。話し合いを始めるに足る、呼吸が整うタイミングを。

口火を切る役割がどちらにあるか、それはわかっていた。

私はテーブルに置いたコップから手を放すと、スカートの膝のところをぎゅっと握った。

それから——正面にある水斗の顔をまっすぐに見据えて、言う。

「——この前は、本当にごめんなさい」

そして、頭を下げた。

「軽率な、行動だった。あなたがどんなに真剣に考えているかも知らずに——」

軽挙妄動——そう言うしかないと、今なら思う。

自分の気持ちを定めておいたほうがいい、という四ヶ月前の円香(まどか)さんのアドバイスを、私は勘違いしていたのだろう。

　家族や友達のことを、今は考えなくてもいい、と言われて、私は本当に自分の気持ちのことしか考えなくなってしまった。その結果、いろんな問題に見ないふりをして、性急な行動に及んでしまったのだ。

　あれが成功したとして、私はその後、どうするつもりだったんだろう。

　欲望だけの繋がりなんて、私も水斗も、一番望んでいなかったはずなのに――

「……僕こそ、悪かった」

　テーブルに額を擦りつけんばかりの私に、水斗はばつが悪そうに言った。

「僕の曖昧な態度が、君を追いつめたんだろう。僕がもっと早く、自分の意見を伝えておけば良かったんだ」

「……それを聞かなかったのは、私でしょ？」

　私は顔を上げて、テーブルに身を乗り出す。

「あなたは態度で示してたのに、私がやだって言って！　聞かないフリをして……！」

「それでも諭す機会はあった。冷静でさえあったら。君が切羽詰まると暴走しがちなのはわかってたのに――」

「その暴走をしなければ良かったって話でしょ⁉」

「性格がそうそうすぐに変わるか！」

「変わるわよ！　頑張れば！」

「それは自己破壊って言うんだよ馬鹿！」

「…………………」

「…………………」

私たちは不意に黙りこくって、互いの顔を見つめ合った。

水斗の顔は、まるで虚を突かれたようで。

私もたぶん、似たような顔をしていて。

「……何これ。もっとシリアスになると思ってたのに」

「こっちの台詞（せりふ）だよ。これじゃあいつもと同じだ」

いや、と水斗は繋げて、ふっと小さく微笑む。

「何だか、懐かしい気がするな」

……そうだ。

こんな言い合いも、久しぶりな気がする。

この一ヶ月、私は水斗を落とそうとするばかりに、上辺ばかり取り繕って——本当の自分で、水斗と向き合うことをしてこなかったのかもしれない。

私は乗り出していた身を引いて、「ふう」と軽く息をついた。

「……それじゃあ、改めて、話し合いましょう」

誤魔化すことなく。

日和ることなく。

「もし私たちが付き合ったら、どうなると思う？」


伊理戸水斗◆きょうだい会議・付き合った後について

「大して変わらないと思う」

と僕は言った。

結女はしっかりと背筋を伸ばし、僕の言葉を受け止めた。

「会う頻度が変わるわけでもない。呼び方や、話し方が変わるわけでもない。少なくとも表面的には、今と大して変わらない。それが僕の予想だよ」

「じゃあなんで、それがマズいことだと思うの？」

「変わるのは、付き合ったときじゃなくて、別れたときだろ。以前の僕たちを思い返してみろ。あんな頭の茹だった連中が、こんな刺々しい関係になるんだぞ？」

「なんで別れる前提なのよ」

「可能性は否定できないだろ。前科があるんだから」

「一度あったことは二度目もあるってわけ？」

「わからないよ。わからないけど、博打をするにはリスクがでかすぎるって話だ」

「私たちの仲が悪くなったら、お母さんたちも気まずいものね」

ことりと結女が首を傾げ、長い髪がさらりと揺れた。

「でも、私もちょっと考えてみたの」

「何を？」

「私たち、お母さんたちの前で喧嘩したことあるわよね」

「……まあな。一学期の中間テストだっけ？」

「そう。でもそのときは、お母さんたちも別れようなんて言い出さなかったじゃない」

「あれは一時的なきょうだい喧嘩だろ」

「いま思い出してみると、あの一件もあなたの悪いところが出てるわよね。勝手に私の気持ちを察して、勝手に解決して。他の人が見てたら意味わかんないわよ？」

「うるさいな。じゃあはっきり言えば良かったのか？『君が首席じゃなくたって別に友達は離れていかないから、それを証明するために徹夜して勉強してきた』って」

「言ってたらすごくダサいわね」

「そうだろうが」

「でも結局、ただのあなたのカッコつけだったってことじゃない」

「…………………」

「私もそう。入学直後のゴタゴタだって、私が勝手にやったことだし。帰省したときの花火のやつだって、私が勝手に追いかけた」

「……僕たちは……お互いに、カッコつけ過ぎたか」

「うん」

「そんなこと、いつまでも続くわけないよな」

「うん」

「……いいよ。悪かった。言葉が少なくて。それで？」

「話を戻すけど、一時的なきょうだい喧嘩であったとしても、お母さんたちはそれを含めて、家庭の一部だと思ってくれたじゃない、ってこと」

「あんな感情的な口喧嘩と、別れたカップルの気まずさを一緒にするなよ。SNSに数多存在する真っ黒アイコンの別れましたアカウントを目の前に突きつけながら生活するようなもんだぞ」

「何？　真っ黒アイコンの別れましたアカウントって」

僕はツイッターの検索欄に『別れました』と入力し、ずらりとサジェストに並んだ元カップルアカウントを結女に見せた。

「……うわ……」

「いいのか。この虚無を由仁さんに見せ続けることになるぞ」

「……で、でも、同居が始まった頃の私たちは実際にそうだったじゃない」

「そのときは……家族とは無関係のこととして、黙ってられただろ」

「次は、そうじゃないって……？」

「タイミングをどうするにしろ、いつかは言わなきゃいけなくなる。隠れて付き合って、ヤバい瞬間を見られたりしたらどうする？　それこそ最悪だ」

「……ヤバい瞬間って？」

「そりゃあ……」

クリスマス・イヴの夜に君がやろうとしたことだ、とは言いにくかった。

自分で訊いておきながら、結女は恥ずかしげに目を逸らす。でも、この話をするんなら、そういうことについても無視することはできなかった。

「それとも、君、付き合うだけ付き合って何もしないつもりなのか？」

「それはっ！　……それは……」

もじもじと自分の身体を抱くようにする結女。

僕はその姿を、真剣な目で見つめた。

「……そんなつもり、ない」

目を泳がせながら、絞り出すように結女は言う。

「する。……何か、する」

「……本当に脳内ピンク色だな、優等生」

「うるさい！　自分が隠すの得意だからって！」

「謂れのない中傷はやめてもらおうか」

「今更誤魔化せると思ってる？　私がお風呂に入っていったとき……めちゃくちゃ、反応してたくせに」

「ぐっ……」

……あれは本当に、痛恨のミスだったな……。

「もしよりを戻したら、あなたのほうが我慢できなくなるわよ、どうせ。暁月さんが『男の子がエッチなことを我慢するなんて無理だよ』って言ってたし」

「余計なことを吹き込んでるな、あの人は……」

「でもまあ、そう考えたら……一生隠し通すのは、難しいのかな」

「何にしたってそうだろ。家族相手の隠し事は、大変だ」

「それならちゃんと話して許しを得たほうがいいって？」

「しばらく様子を見て、関係が安定したらの話になるけどな。……仮定だぞ？　仮にの話だ」

「わかってるわよ。……許してくれるかな？」

「わからん。僕は自分の子供と再婚相手の子供が恋仲になったことなんてない」

「そうよね……。どういう気持ちになるのかな……」

「想像の埒外だよ。未知の領域としか言いようがない」

「じゃあ、まあ、とりあえず許しを得られたと仮定して」

「仮定に仮定を重ねてるな……」

「仕方ないでしょ。……許しを得られたと仮定して、その次は？」

「大手を振って付き合えるようになったら何をするかって？」

「うん」

「君が言うべきだろ。何がしたいんだ？」

「それは……知ってるでしょ？」

「中学生の恋愛を繰り返す気か。今更」

「なっ、何⁉ 何を言わせたいわけ⁉」

「僕が言いたいのは、やっぱり何も変わらないだろって話だ。いさなじゃないけど、付き合ったところで変わるのは、それこそエロいことをするかどうかくらいじゃないか」

「……そんなことない」

「じゃあ何が変わるっていうんだ？」

「私があなたの彼女になって、あなたが私の彼氏になる」

「は？　……トートロジーか？」

結女は首を横に振る。

「それが重要なの。……あなたの隣の、たった一つの席を、埋めておきたいの」

……たった一つの、席。

その言葉には覚えがあった。

いさなの告白に、答えたときの――

「あなたや東頭さんは、付き合ってようがなかろうが大して変わらないって言う。だけど私は違う。それはやっぱり特別なのよ。他の何にも代えられない……特別」

「……何が？　どういう風に？」

「何がとかじゃなくて……」

「……よくわからん」

「なんでわかんないの？　いつもは気持ち悪いくらい察してくるくせに」

責めるような口振りに、僕は少しイラッとした。

「君の説明が下手だからだろ。もっと具体的に、わかるように言え」

「だから具体的とかじゃなくて……っ！　わかってよ！　曲がりなりにも彼女がいた身でしょ⁉」

「わからんもんはわからん！　共感を押しつけるな！　ガチで女性脳だな君は！」

「男とか女とか関係ないでしょっ⁉」

金切り声を上げた直後、結女はハッと口を噤んだ。

僕も息を潜めて、部屋の外の気配を窺う。

あんまりヒートアップしすぎると、一階の父さんたちに聞こえる――しばらく気配を殺してみたが、どうやらバレていないようだ。

僕たちは息をついて、互いに目配せを交わした。

「……ちょっと冷静になりましょう」

「爆発したのは君だろ」

「誰のせい――ああもう、こういうのがダメ！」

自分で踏み留まれている分、成長はしているようだ。

「……とにかく、私にとっては特別なの。……と、いうより……」

少しの間、言葉を選ぶ間があった。

「特別で……あってほしい」

結女は衒いなく告げる。

「本気には、本気で返してほしいものだから」

――本気には本気で、か。

まだはっきりとはわからないが……少しだけ、わかった気がした。

「……この際だから、腹を割って話すけど」

本気に本気で返すために、僕は赤裸々に言う。

「僕はたぶん、縛られると嫌になるタイプだ」

「……っ」

「その点君は、中学時代の経験からして、感情が昂ると恐ろしく重くなるタイプだ。これについてはどう思う？」

不仲が決定的になった出来事からして、そうだった。

それに繋がる僕の行動があったとはいえど、少し他の女子と話していた、それだけのことを、この女は半年も引きずったのだ。

僕には、すでに目標がある。

この女が、その邪魔にならないと言えるだろうか？

言えはしないのだ。実際に起こったことから考えれば。

「……あなたが浮気しなければいいんでしょ」

不貞腐れたように、結女は言った。

ほら見ろ。これだ。

「どこからが浮気なんだって話だよ。喋ったらか？」

「さすがにもうそんなこと言わない！」

「だったら？」

「…………ん、…………うう～…………手を繋ぐのは、ダメ」

「同じ部屋にいるのは？」

「ゆ、指一本触らないなら……」

「どうやって確かめるんだ、それは。指紋検証でもするのか」

「——ああもう！　要するに東頭さんの話でしょ!?」

痺(しび)れを切らしたように言って、結女はほうじ茶の残りを飲み干した。

空のコップを荒々しくテーブルに置いて、結女は据わった目で僕を睨(にら)む。

「調べはついてるから。徹底的に話し合いましょう」

伊理戸結女◆きょうだい会議・東頭いさなについて

「ここのところ、ずいぶん東頭さんの部屋に入り浸ってるみたいね」

自分の口振りが浮気した彼氏を詰める彼女みたいになりつつあるのを自覚しながら、私は言った。

「最初は家庭教師って言ってたけど、本当はお世話みたいなこともしてるんですって？」

「なんで知ってるんだよ……」

「聞いたもの。本人から」

「いさなのところに行ったのか？」

「うん。絵も見せてもらった」

「……それで？」

「私が訊きたいことは一つ」

水斗の鼻先に、人差し指を突きつける。

「あなた……本当に東頭さんに手を出さない自信、あるの？」

「…………………」

「沈黙したわね」

「少しくらい考えさせろよ」

「考える必要があるってことでしょ？」

「…………、そうだな。ある」

「っ……いやに素直に認めるわね」

「誤魔化さないよ。この期に及んで……。白状するが、実際のところ、いさなに劣情を催す瞬間は、あるよ。そりゃあそうだろ」

「開き直らないでよ」

「でも、君も知ってるだろ？　あいつの無防備さを。意識するなって言うほうが無理だよ。僕だって欲望を完全に制御できるわけじゃない……」

「東頭さんはあなたのことを友達として信用してるのよ？　それをいやらしい目で見るのは、東頭さんに失礼なんじゃない？」

「わかってる……。だから表には出さないようにしてるんだ。君さ、わかってるか？　家の中のあいつはさらにヤバいぞ」

「ヤバいって、何が……？」

「この前なんか、お尻が鏡に映ってるのに気付いてなかったからな……」

「は？　何それ⁉」

「あいつが風呂入ってないって言うからシャワー浴びさせたんだが、着替えを持っていくのを忘れやがったんだよ。それで助けを求めてきたんだけど、ドアの向かい側に洗面所の鏡があって……」

私は有馬温泉で見た、東頭さんの裸を思い出す。

思わずおっぱいに目が行ってしまうけど、東頭さんは全体的に肉感がムチムチで、触ったら柔らかそうで、お尻も――

「……えっち……」

「なんで君が興奮する？」

はうっ、と私は慌てて口を閉じる。

違う違う違う。私は暁月さんや亜霜先輩みたいにいやらしくないんだから。

「……とにかく」

私は気を取り直して、

「そんな子と毎日のように同じ部屋にいて、本当に手を出さないって言えるの？」

私が男だったら、一週間と経たずに我慢できなくなるかもしれない。

いや、別に男じゃなくても三日目くらいには触ってる。暁月さんと亜霜先輩は初対面で触ってたし。

水斗は困ったように首を手で擦って、

「……手を出すことは、ない。僕の意思として、そう答える他にはない」

「意思として？」

「なんかの拍子に触ってしまうことはあるかもしれない。例えば、そうだな、あいつが将来酒を飲むようになったとして、悪酔いしたりしたら、その介抱の役目は僕に回ってくるだろう？　そしたら身体に触らないわけにはいかないし、服を着替えさせたりも……」

「それはいわゆる、ラッキースケベ的な話？」

「ラッキーじゃないよ、別に」

「ホントに？」

私はじろりと半眼になって水斗を見る。

「ホントにラッキーじゃないって言える？」

「…………はあ」

がくりと首を下に向けて、水斗は溜め息をついた。

「本当に、徹底的に話すんだな」

「そうよ。そう言ったでしょ？」

「ラッキーとは思わないよ。むしろやってしまったっていう罪悪感のほうが強い。それは……たぶん、嬉しいという気持ちが、少しはあるからなんだろうな」

「……ほら」

「ほらってなんだ」

「そういう気持ちがあるんなら、いつか自分の意思で、東頭さんに触れてしまうことはあるんじゃないの？」

今は水斗も、女子の身体に触れることに大きなハードルがある。付き合っていた頃の私は、そういうことは一度もさせてあげなかったわけだし。

そのハードルが、この先、なくなってしまったら？

慣れから来る軽々しさが、一番距離の近い東頭さんに向いてしまうんじゃないかって

——そう、可能性としては、決してありえないことじゃない。

「……未来のことはわからないよ」

疲れたような調子で、水斗は言った。

「僕と君がよりを戻したとして――これは仮定の話だけど」

「うん、仮定の話ね？」

「戻したとして、僕がいさなとうっかり浮気をしてしまう、という世界線の存在を、完全に否定することはできないと思う。僕にもいさなにも、そういう気はないけど、それでも、人間には魔が差す瞬間っていうのがある」

「……うん」

「その可能性に対して僕ができることは、たった二つだ。『何もしない』と言い続けるか、いさなとの関わりを完全に断つか」

「…………」

「ただし、後者の選択を取るつもりは、僕にはない。そのくらいなら――」

「――私とは付き合わない、でしょ。わかってる」

「……仮定の話だぞ」

「うん。仮定の話……」

私だって、東頭さんから親友を奪うような真似(まね)はしたくない。

そのくらいなら――そう、私も水斗とは付き合わない。

自分がそんな、器の小さい人間だとは思いたくない……。

「とにかく、僕にできるのは、『何もしない』とただ言い続けることだ。それを信じてもらうしかない。近い未来、異性との接触を計測できる道具が発明されたりしたら、それを僕に使ってもらったっていい。可能性ってヤツへの対処は、そういうやり方でしか不可能なんだ。……言いたいこと、わかるか？」

「うん。……悪魔の証明、っていうんだっけ」

「そう。浮気調査をする現実の探偵だって、『浮気をしてた』っていう調査はできるけど、その逆はできないからな」

腹が立つくらい正論しか言わない。女子は解決じゃなく共感を求めるって知らないの？　こいつ——私と付き合ってたくせに。

「……それじゃあ……仮定の話だけど」

「ああ、仮定の話な」

「意思とは関係なく、不可抗力で東頭さんに触れてしまったとして——そのとき、あなたは何をしてくれる？」

「……………、仮定の話だよな？」

「そう。仮定の話」

「仮定の話なら……」

水斗はほうじ茶で唇を濡らした。

「……逆に、どうしてほしい？」

「き、訊き返さないでよ……」

「これって結局、君がどう納得するかの問題だろ。だったらペナルティも君が決めるべきだ」

「……ほんっと正論しか言わない……」

「ただの仮定だよ。気にするな」

「…………、強いて、言うなら……」

「強いて言うなら？」

「同じ分だけ、……触ってほしい、かも……？」

水斗はぱちくりと目を瞬いた。

それから、ふっと小馬鹿にしたように唇を歪める。

「脳内ピンク女」

「めっ、目には目を、歯には歯をって言うでしょ⁉」

「君のコンプライアンスはメソポタミア文明で止まってるのか？」

水斗は深く溜め息をついて、ふと自分の手のひらを眺めた。

「……いさなと漫画喫茶に行ったときにさ」

「え？」

「うっかり、いさなの胸を触ってしまったことがあるんだが――その場合、君の胸にも触らなきゃいけないってことか？」

「それは……まあ、そういう、ことに……」

どんどん尻すぼみになりながら、あれ？　と私は首を傾げた。

「何だか……それって、あなたばっかり得してない……？」

「そうだよな、と思って」

「やっぱりなし！　今のなし！」

「仮定に仮定を重ねた話だろ。ムキになるなよ」

水斗はテーブルで頬杖をついて、

「……もしそうなったら、お金と時間で誠意を示すよ。それが妥当だろ？」

「……答えるんなら、最初から答えてよ……」

お金と、時間。

お金はともかく……時間は、ちょっと嬉しい。

東頭さんに使った分か、それ以上……私と時間を、過ごしてくれるなら。

……仮定の話だけど。

「未来の話は、不確かだ」

水斗は飲みかけのお茶を見やる。

「どうしても、仮定に仮定を重ねた憶測になってしまう。それでも……僕にとっては、すでに確定的になっていることもある」

私は、そんな水斗の瞳を見つめる。

「次は、そういう話をしよう。仮定じゃない――現実の、人生の話を」

伊理戸水斗◆きょうだい会議・これからの人生について

「いさなの絵を、見たんだよな」

僕は意味もなくコップの表面を触りながら、正面の結女に言う。

「それで、何かわかったか？　僕が――何を目指しているのか」

「……まずは、ごめんなさい」

結女は自信なさげにテーブルの真ん中を見つめながら言った。

「私……あなたと、お父さんの話、聞いてた。だから……あなたが何を不安に思ってるのかも、知ってた」

「……そうか」

なんとなく、そうなんじゃないかという気がしていた。

でなければ、あんなにも急き立てられるように、迫ってくるはずがない。

「私は最初、認めたくなかったんだと思う……。あなたが何に夢中になっているにしろ、それに負けるのは、嫌だって」

「…………………」

「だけど。……結局、気持ちは変わらないとしても。……私は、知るべきだったの。あなたが自分の席に座らせようとしている、私でもない、東頭さんでもない、『何か』を」

誰か、ではなく、何か。

そうか——僕は、あのときいさなに言った席に、『これ』を座らせようとしていたのか。

いさな本人でもなく、その才能を、その成長の過程を。

その——物語を。

「実際に見て、思った。ああ、これは勝てない——こんなのに勝てるはずない、って」

だけど、と結女は反駁する。

「価値がないわけじゃない。こんな才能に勝てってこないけど、それでも価値がないわけじゃない。だって——あなたは、私のことを、ちゃんと考えてくれてたから」

そう言って、結女は微笑んだ。

嬉しさでも、諦めでもない、安堵でもない、それは——

「だから私は、あなたのことを信じられる」

——信頼の微笑。

「未熟で、不安で、疑心暗鬼だった私はもういない。私は、ずっと——あなたのことを、信じていける。……と、思う」

最後に付け加えられた余分な言葉に、僕は「ふっ」と小さく笑った。

「そんな自信なさげで大丈夫か？　未来の生徒会長」

「えっ？　せ、生徒かいちょ——なんで私が？」

「なんでって、紅(くれない)先輩は明らかにそのつもりだろ。……ついこの間、少し喋(しゃべ)ったんだ。生徒会での君のことを、話してくれた」

「えっ……」

結女はあからさまに『マズい』という顔をした。

女子の恋バナとやらは、確かにパンドラの箱みたいだな。

「心配しなくても、そこまで詳しいことは聞いてない。……君のことを、こう評してたよ。『心の根っこから優しい子だ』って——まるで、羨むみたいに」

「……羨む。……会長が、私を……？」

どっちかといえば、僕はあの先輩に近いタイプの人間だから、わかる。

他人のことを本当に慮(おもんぱか)れるというのは、一種の特殊な才能なのだ。特に僕たちのような、本能的に他人に興味が持てないエゴイストから見ると、眩(まぶ)しいくらいに。

「君の自己評価がどうかは知らないけど、あの才能の塊みたいな先輩が認めて、わざわざスカウトしたんだ。その事実も考慮に入れて、自分の器を測り直したほうがいい」

「そ、そんなこと言われても……！　私には東頭さんみたいな才能もなければ、会長みたいに頭も良くないし……！」

「その二人にはできないことが、君にはできるって言ってるんだ」

僕は後ろに手をついて、楽な姿勢になる。

そして思い出すのは、初めて関わりを持ったあの日――林間学校の夜。

「君なら、わかるだろ？　他の人間が当たり前にできることができない、その苦しみが」

カレーの材料をもらう。たったそれだけのことさえできなかった、君ならば。

「君は、それを克服したんだ。できない苦しみを知った上で、できるようになったんだ。ほら、最初から何もかも当たり前にできる奴の、上位互換じゃないか」

「え？　え……？　――ああもう！　詭弁で煙に巻かないでよっ！」

「そんなつもりはないけどな」

上位互換は言い過ぎだったかもしれないが。

「僕は君を羨ましいと思ったことはない。紅先輩も君みたいになりたいとまでは思ってないだろう。それでも、君の生き方が得難いものだと思っている。要は、一言で言えば――」

なるほど、そうか。

「――尊敬、してるんだよ」

今、ようやくわかった。

比翼の鳥が両翼で飛ぶ、その最大の条件が。

恋に盲目にならなくても。

永遠の愛を得られなくても。

尊敬さえあれば――相手を蔑ろにすることはない。

……なんだ、単純じゃないか。

多くの大人が当たり前に言っている、至極単純な話だったんじゃないか。

これが、何よりも堅牢な、信頼の根拠だったんだ。

……節穴だな。

思い出してみれば、川波も同じことを言っていた。

答えは最初から、僕の中にあったんだ。

これじゃあ比翼の鳥じゃなくて、幸せの青い鳥じゃないか――

「――尊敬……」

噛み締めるように、結女は呟いた。

「私も……尊敬してる。あなたのこと……」

「それはどうも」

「東頭さんのことも……すっごく、尊敬してる……」

「だったら？」

「そっか」

ずっと解けなかったパズルが、解けたかのように。

結女は晴れやかな顔をして、それから、

「……そっかぁ……」

心から安堵したように、頬を緩める。

こうして、答えは出た。

一応の答えだ。

僕たちはきっと一生、今のように考え続け、答えを更新していくんだろう。

「結女」

「何？」

「僕はたぶん、京大に進学する」

「えっ？」

「慶光院さんに訊いたらさ、行けるんなら行ける限り、レベルの高い場所に進路を定めるべきだって。そのほうがいろんな才能を持ってる奴に出会える——僕のやりたいことに、一番近付けるだろうってさ」

「……そっか。じゃあ、私は――」

「僕についてくるか？」

「ううん。……生徒会長になってから考えようかな。その頃には視点も今とは変わってるだろうし」

「大きく出たな。……でも、いいと思うよ、それで」

僕たちは互いに、自分の道を行く。

それぞれが自分の翼で羽ばたき、人生という名の空を進む。

ただ――一人よりきっと、二人のほうが効率がいい。

それだけのことだ。

ただ、それだけのことだ。

「それじゃあ、これ」

「え？」

僕が唐突にポケットから取り出したギフトボックスを見て、結女は目を丸くした。

「それ、私の……あれ？　でも色が……」

「これは僕が昨日買ったやつだ」

「昨日？」

僕はそれを結女の前に置く。

結女はそのギフトボックスにそっと手を触れ、

「もしかして、これ……」

と呟いた。

それから、顔色を窺うように僕を見やり、勇気を込めて、言う。

「……開けても、いい？」

「当たり前だろ？」

中身について、今更説明する必要があるだろうか。

指輪に決まってるだろ——翼のさ。

「うあっ、あっ……！　こっ、これっ……！」

「意外と高かったぞ。いさなに本をくれてやったばっかりで金欠でさ。コネを頼ってバイトをする羽目になった」

結女はギフトボックスに入っている指輪を見つめて、ぷるぷると肩を震わせた。

僕は頬杖をつきながらにやついて、イヴの仕返しに言ってやる。

「嵌めてやろうか？」

「えっ⁉」

結女はバネ仕掛けのように顔を上げ、期待に満ちた瞳で僕を見た。

けど。

徐々に肩の震えを抑え、視線をゆっくりと下ろしながら——大切そうな手つきで、ギフトボックスを閉じる。

「……まだ、いい」

その声には覚悟があった。

「いずれ……お母さんたちに、話してからにする」

「……そうか」

だったら、僕の指輪も今は、机の中に封じておこう。

いつか、誰に憚することもなく指に着けられるようになる、その日まで。

「——でも」

「ん？」

切々とした瞳が、僕を射抜いた。

「ちゃんとした、言葉は……欲しい、かも」

……そうだな。

ケジメは重要だ。

今までの僕たちを終わらせ、これからの僕たちを始めるために。

「結女——」

「――結女ぇー！　水斗くーん！　ごはーん!!」

「…………………」

「…………………」

唐突に廊下のほうから割り込んできた声に、僕たちは顔を見合わせた。

何とも間の悪い。

でもまあ、それも仕方のないことか。

僕たちは比翼の鳥である前に、きょうだいなのだ。

「行こっか」

「ああ」

そして僕たちは、リビングへと続く階段を一緒に降りた。

伊理戸結女◆想(おも)いは決まっている

年末のテレビ特番が、迫り来る年明けへ向けて助走を始めている。

夕飯を食べて、いったんお風呂に入り、そしてなんだかんだと時間を使っていると、年が変わるまであと三〇分を切っていた。

私はソファーに座り、ぼーっとテレビを眺めている。炬燵に入らないのは寝てしまいそうだからだ。昼寝はしたから耐えられないほどではないけど、やっぱりご飯を食べてお風呂に入ると、自動的に身体が寝る準備を始めてしまう。

水斗も同じソファーで横に座っていた。距離は一人分くらい空いていて、手すりにぐだっともたれかかっている。

テレビの前の炬燵には、今はお母さんと峰秋おじさんがいた。テレビの芸人さんのボケを見て笑っている。

今年が終わるまで、あと三〇分。

私は一ヶ月と少し前、自分に誓いを立てた。今年中に水斗に告白されなかったら、自分から告白する、と。

その誓いは、達成されていない。

意見は一致したと思う。

想いは通じたと思う。

それでも、言葉の形にはなっていない。

私たちは学んだはずだ。勝手に察し合うのには限界がある、と。だから言葉が必要だった。これからの私たちを決定づける、明確で明白な言葉が必要だった。

それが形にならないまま、宙ぶらりんで、新年が迫る。

伊理戸水斗◆言葉は決まっている

僕は、綾井結女にラブレターをもらったときのことを思い出していた。

思い出せる限り、あんなにも読むのが緊張した文章はない。だけどたぶん、読まれる綾井のほうはもっと緊張していたんだろう。全身ガチガチで、今にも死にそうな顔色をしていたのが、いつまで経っても精細に思い出せる。

今の僕を襲う緊張は、たぶん、それとは少しだけ違った。

あのとき、綾井に充ち満ちていた緊張は、きっと不安によるもの。だけど今、僕の双肩にのし掛かる緊張は、責任感によるものだった。

これから僕は、一生を決定づける選択をする。

僕だけではない。結女の、父さんの、由仁さんの——三人もの人間の人生を変えてしまうかもしれない、決断をする。

その重みが、時計が針を刻むごとに、大きく大きく、育っていた……。

除夜の鐘が、遠くからかすかに鳴り響く。

一〇八回目が終わったとき、僕は煩悩から解き放たれるのだろうか。

迷いを去り、道理をさとること。

馬鹿げた想像だった。一〇八個が消えたなら、一〇九個目が現れるだけだ。

——覚悟はあるか？

自問する。

それは愚問だと一蹴する。

答えが明白だからじゃない。

これから、僕が口にする言葉が、その答えだからだ。

伊理戸結女◆私は呼吸を整えた

『皆さん！　年明けまであと一分です！』

伊理戸水斗◆僕は姿勢を整えた

『あと一〇秒！』

『――九！』

僕は結女の片手に手を重ねる。

『――八！』

父さんたちはテレビを見ている。

『――七！　――六！』

結女の耳元に口を寄せた。

『――五！　――四！』

「――好きだ」

『――三！』

結女の手がぴくりと震えた。

『――二！』

父さんたちはテレビを見ている。

『――一！』

結女の頭が、そっと離れた。

『──明けましておめでとうございまーす！』

私は間近から水斗の顔を見つめる。

「──あけましておめでとー！」

お母さんが峰秋おじさんに言う。

「──うわっ！　スマホの通知音が……！」

水斗の耳元に口を寄せた。

「──私も好き」

寄せた頬(ほお)を素早く離した。

「結女！　水斗くんも！　おめでとー！」

お母さんが振り返る。

「あけましておめでとう、お母さん」

スマホがピロピロ鳴り続けていた。

「あけましておめでとうございます、由仁さん」

私と水斗は、そっと手を放した。

「あ、そうだ。お蕎麦って年明けてから食べてもいいんだっけー？」

「いいんじゃないか？　せっかく用意したんなら」

お母さんが炬燵を抜け出して、ぱたぱたとキッチンに走っていく。

テレビは新年を祝いながら、次のコーナーに進んでいく。

私はスマホに溢れた通知を見下ろしながら微笑んだ。

こうして、新しい年が始まっていく。

こうして、新しい私たちが始まっていく。


――どうだ、綾井結女。

これで、私の勝ちだ。

終章　プロポーズじゃ物足りない

伊理戸水斗◆家の外

「それじゃあ、いってきまーす」

「いってらっしゃーい。水斗くんも気を付けてねー」

僕と結女は一緒に、玄関から深夜の世界に出る。

雪は降ってなかったけど、吐く息は白かった。着込んだコートのポケットに手を突っ込み、星々が煌めく夜空を仰いだ。

「……ふふっ」

一歩先んじた僕に、結女が弾むような足取りで並んでくる。

「お母さんたち、気付いてなかったわね」

それから、悪戯を成功させた子供の顔で、僕の顔を覗き込んできた。

僕は皮肉を込めて唇を歪め、

「気付かれてたら大変なことになってたよ」

「びっくりした。あなたって、あんな冒険することもあるんだ」

「誰にだって、勇者に憧れる時期があるさ」

「やめてよね？　貯水タンクで泳いだりするのは」

「それは勇者じゃなくて愚者だろ」

くすくすと笑い合いながら、寒空の下を歩いていく。

もう少し歩けば広い道路に出て、深夜にそぐわない人通りに出迎えられるだろう。だけどそれまでは、しばらくの間、この世界は僕と結女の二人占めだった。

「しばらくは隠しておく、でいいんだよな？」

「うん。今更日和るわけじゃないけど……」

「けど？」

「内緒にするのも、ちょっと楽しそうかな、って」

小さく肩を揺らす結女を見て、僕は小さく溜め息をついた。

「肝が太くなったな。あの生徒会長の影響か？」

「どうだろ。会長も案外、臆病なところがあるからなあ」

「あの人が？」

「意外でしょ？」

「想像できないな……」

今の僕が言うのもなんだが、女子というものはわからない。

「まあ、とにかく、いずれにせよ……もうしばらくは、家族のままか」

「そう？」

結女は軽く首を傾げると、軽やかに僕の前に躍り出て、正面から顔を見上げてきた。

「家の外でも……まだ、家族？」

周囲に、人気はない。

新年の灯りに落ちるのは、僕と結女、二人分の影だけ。

この世界に、僕たちをただの家族だと思う者は、一人もいない。

「……やっぱり、脳内ピンク色だな」

「お互い様でしょ？」

僕は分厚いコートの上から、結女の腰を抱き寄せた。

結女は少しだけ顎を持ち上げると、委ねるように瞼を伏せた。

初めてなのに、懐かしい。

僕たちはかつて、幾度でもこうして。

そしてこれからも、何度となくこうしていく。

僕はゆっくりと、結女に唇を重ねた。

柔らかな感触を名残り惜しむように、またゆっくりと唇を離し、互いに白い息が当たる距離のまま、互いの瞳を覗き合う。

「上手くなっておいて良かったわね。中学のうちに」

瞳だけで笑う結女に、僕は返す。

「君を鍛えてやったのは誰だと思ってるんだ。不器用女」

「誰だったっけ？　忘れちゃったかも」

「思い出させてやろうか？」

「一回で思い出すかな？」

僕はもう一度、唇を触れさせた。

今度はさっきより深く、強く結女の身体を抱き締めながら。

思い出せないなら、何度でも繰り返すだけだ。

何度でも、何度でも、長い時間をかけて。

その時間が、僕たちの絆を決めるだろう。

ただの家族でもない、ただの恋人でもない、ただの夫婦でもない。

言葉は必要だった。だけど足りなかった。

僕たちが僕たちである覚悟を示すには、一つの言葉じゃ足りはしない。

――プロポーズじゃ、物足りない。

これからの時間が示していく。

僕たちの人生が、答えていく。

「――お母さんたちには内緒にしておくとして、他はどうする？」

「他って？」

「暁月さんとか、川波くんとか……応援してくれた人たち」

「川波に言うのはなんか面倒だな……。南さんに言ったら、自動的に伝わるんだろうけど」

「……東頭さんは？　私から言う？」

「いや……」

僕は手袋を外すと、ポケットからスマホを取り出した。

開くのは、いさなとの個人チャット。

「僕から伝える。……そのくらいの甲斐性は見せるよ」

文面を考えても、大して意味があるとは思えなかった。

僕はシンプルな文字を、スマホに打ち込んでいく。

〈あけましておめでとう〉

東頭いさな◆創作

〈それと、結女と付き合うことになった〉

新年早々、送られてきたそのチャットを見て、わたしの胸中にはわたし自身、驚愕の事態が巻き起こりました。

「…………あ――――」

意味のない、虚無そのものの声をあげながら、仰向けにベッドに倒れ込みます。

思考が凍っているのを感じました。

今はただただ、天井を見上げていたい。そういう自分を発見しました。

これは……本当に、本当に、驚きです。

わたし――なんと、ショックを受けています。

「…………」

びっくりです。本当にびっくりです。

そしてそれ以上に、がっかりです。

どうやらわたしは、まだ水斗君にワンチャンあると思っていたみたいです。

あんなに結女さんとのことを応援しておいて！　女というものは恐ろしいですね。優しくしてみせながらも、虎視眈々と襲いかかるチャンスを狙っていたとは！

……考えてみれば、結女さんもかつて、わたしに対して同じことをしていたような気もしますが。どちらにせよ、女は恐ろしい生き物です。

「……………………」

いやいや、いやいやいや。

たぶん、別に付き合えると思っていたわけではないんでしょうね。

これはそう、推しのアイドルに彼氏ができた、みたいな……。

お幸せに、って心から思うのに、それはそれとして胸に突き刺さるこれは何……？　みたいな……。

胸中に渦巻くこの複雑怪奇な感情に、わたしは説明をつけられませんでした。

どんな言葉をもってしても、取り零してしまう何かがある——その確信だけが、わたしにとって明らかなことでした。

そして、いつの間にか。

わたしは、机に向かっていたのです。

ペンを握るのも、イラストアプリを起動するのも、まるで目覚まし時計を止めるときみたいに無意識で。

キャンバスは白紙なのに、……不思議と、絵は目の前にありました。

あとはこれを、ペンでなぞるだけ。

そうしなければならないと、わたしの魂が言っていました。

伊理戸水斗◆どんな言葉よりも雄弁に

その翌日。

僕が管理しているはずの、いさなのツイッターアカウントに、見覚えのないイラストがアップされた。

そのイラストを見た瞬間のことを、僕は生涯記憶するだろう。

最初に目に入ってきたのは、夏を思わせる、抜けるような青空だった。それを断つようにして横切るのは、一筋の飛行機雲。

そして、その飛行機雲を、堤防に座ったセーラー服の少女が見上げていた。

ローファーを脱いだ足を、ぶらぶらと揺らしながら。口元に微笑を刻み――だけど、赤いスカーフを悔しげにぎゅっと握り締めて。

投稿には、一文だけキャプションが付いていた。
その一文が、しかしすべてを語っていた。

『幸せになってね』

「……ああ」
スマホを見つめながら、僕はようやく、それだけを答える。
僕は間違っていなかった。
君も間違っていなかった。
僕と君は、恋人同士にはならなかったけど。
きっと——世界を変える何かには、なれるはずだ。
そのイラストは、いさなの作品で初めて、四桁に上るリツイート数を記録した。

ありがとう。
そしてよろしく。
新しい日々は、まだ始まったばかりだ。

あとがき――ラブコメ・イベント・ホライズン

まだ最終巻じゃないです。

ここのところ連れカノは、毎度のようにノープランで書き始めているのですが、今回は次のシーンどころか二〜三行先のことすらさっぱりわからない、という五里霧中の状態で書き進めていきました。それだけに（本編のネタバレ注意）、水斗（みずと）が『尊敬』というワードに辿（たど）り着いてくれたときは、膝を打つと共にほっとしたものです。

何らかの方法で水斗と結女（ゆめ）の未来を約束しなければならない、ということは、書籍版を出し始めた当初からずっと考えていました。

何せ別れることからスタートしていますから、『恋人はいつか別れるかもしれない』という事実をなかったことにしてお話を締めるわけにはいきません。水斗と結女がよりを戻したところでハッピーエンド、なんて簡単な終わらせ方はできないと、これは最初から自明の理でした。

ここのところ、一対一のラブコメ漫画が4〜5巻くらいでバンバン終わりまくっているのですが、私の見たところ大概は、主人公とヒロインが付き合い始めたら、付き合った後のエピソードを1巻くらいやって終わります。まあ売り上げ的な問題もあるんでしょうけど、やっぱり恋人になったその先の、『永遠を誓う方法』まで踏み込まない限り、もはや描くべきものがなくなってしまうんでしょう。

ラブコメというジャンルにとっての事象の地平線――イベント・ホライズンです。

今回で水斗と結女は、少なくとも二人の間でなら通用する方法を見つけ出しました。しかし、水斗も語ったように、これから二人が歩む途方もない『永遠』は、取りも直さず止め処のない変化であり、その変化に耐えうる強度を『尊敬』が持っているかは、やってみない限りはわかりません。

だから、まあ、やってみましょう。

イベント・ホライズンの向こう側まで――次の巻でかはわかりませんけれど。

急がなくとも、『そのとき』はいずれ訪れるでしょう。それまではしばし、浮かれた付き合いたてのカップルを愛でておきたいなあと思います。

そんなわけで、紙城境介より『継母の連れ子が元カノだった9　プロポーズじゃ物足りない』でした。ちなみに、年明けから一ヶ月くらい本当に絵描いてました。

継母の連れ子が元カノだった9

プロポーズじゃ物足りない

著	紙城境介
	角川スニーカー文庫　23237
	2022年7月1日　初版発行
発行者	青柳昌行
発　行	株式会社KADOKAWA 〒102-8177 東京都千代田区富士見2-13-3 電話　0570-002-301（ナビダイヤル）
印刷所	株式会社暁印刷
製本所	本間製本株式会社

◇◇◇

●お問い合わせ
https://www.kadokawa.co.jp/（「お問い合わせ」へお進みください）
※内容によっては、お答えできない場合があります。
※サポートは日本国内のみとさせていただきます。
※Japanese text only

Printed in Japan　ISBN 978-4-04-111954-9　C0193

★ご意見、ご感想をお送りください★

〒102-8177 東京都千代田区富士見 2-13-3
株式会社KADOKAWA　角川スニーカー文庫編集部気付
「紙城境介」先生「たかやKi」先生

角川文庫発刊に際して

角川源義

第二次世界大戦の敗北は、軍事力の敗北であった以上に、私たちの若い文化力の敗退であった。私たちの文化が戦争に対して如何に無力であり、単なるあだ花に過ぎなかったかを、私たちは身を以て体験し痛感した。西洋近代文化の摂取にとって、明治以後八十年の歳月は決して短かすぎたとは言えない。にもかかわらず、近代文化の伝統を確立し、自由な批判と柔軟な良識に富む文化層として自らを形成することに私たちは失敗して来た。そしてこれは、各層への文化の普及滲透を任務とする出版人の責任でもあった。

一九四五年以来、私たちは再び振出しに戻り、第一歩から踏み出すことを余儀なくされた。これは大きな不幸ではあるが、反面、これまでの混沌・未熟・歪曲の中にあった我が国の文化に秩序と確たる基礎を齎らすためには絶好の機会でもある。角川書店は、このような祖国の文化的危機にあたり、微力をも顧みず再建の礎石たるべき抱負と決意とをもって出発したが、ここに創立以来の念願を果すべく角川文庫を発刊する。これまで刊行されたあらゆる全集叢書文庫類の長所と短所とを検討し、古今東西の不朽の典籍を、良心的編集のもとに、廉価に、そして書架にふさわしい美本として、多くのひとびとに提供しようとする。しかし私たちは徒らに百科全書的な知識のジレッタントを作ることを目的とせず、あくまで祖国の文化に秩序と再建への道を示し、この文庫を角川書店の栄ある事業として、今後永久に継続発展せしめ、学芸と教養との殿堂として大成せんことを期したい。多くの読書子の愛情ある忠言と支持とによって、この希望と抱負とを完遂せしめられんことを願う。

一九四九年五月三日